君に恋をするなんて、
ありえないはずだった

筏田桂 Katsura Ikada

絕不可能愛上你

U0013154

王蘊潔 譯

Contents

總之，彼此都是對方絕對不來電的人

起初覺得她「長得挺漂亮」，但很快就覺得她是「討厭的女人」，接著——

那是入學不久，第一次換座位之前的事。

「接下來請各位同學看一下資料手冊十四頁上的圖。」

現代社會課時，聽到站在黑板前的老師這麼說，他慌忙從課桌內拿出資料手冊。

這時，他突然看到旁邊的座位。坐在隔壁的女生似乎忘了帶資料手冊，無所事事地托腮發呆。

「關於溫室效應氣體，如圖所示，大部分都是二氧化碳……」

老師開始說明資料手冊上的內容，他不禁想「該怎麼辦？」他以前從來沒有和坐在旁邊的女生說過話，但看到同學有難，自己卻視而不見，良心有點不安。

他鼓起勇氣開口。

「北岡。」

旁邊那個女生染了一頭棕髮的腦袋轉過來。

不知道是否有化妝，她巴掌大的臉蛋端正零缺點，敞開的襯衫領口下露出鎖骨，項鍊的小寶石微微晃動。他不知道眼睛該看哪裡，將視線移回她的臉，發現她以可怕的眼神瞪著他。他感到害怕，但還是繼續問她：

「呃……妳要看資料手冊嗎？」

她詫異地回答：

「不，不需要。」

「呃……」

他目瞪口呆，她轉過頭，笑容可掬地拜託坐在她後面的女生：「借我看一下。」

後面的女生笑著說：「啊？好吧。」然後翻到那一頁給她看，北岡扭著身體，看得很吃力。

「好，接下來看課本的二十頁。嗯……那就請一位同學來朗讀這段內容。」

老師點名「學號是二十號的同學」後，教室左方傳來結結巴巴的朗讀聲。

他瞥了一眼旁邊，北岡若無其事地低頭看著課本，好像剛才的事完全沒有發生。

後方傳來竊笑聲，也許有人在嘲笑自己好心被雷親。

（搞屁啊，媽的……）

他完全沒有不良居心，反而覺得自己只不過提議一起看資料手冊幾秒鐘，就會往這方面去想的人腦子有洞。自己明明是好心，竟然反而被人討厭，簡直丟臉死了。眼角瞥到北岡若無其事的側臉，就覺得心亂如麻，越想越不爽。

他下定決心，以後無論再小的事，也絕對不要和她扯上一絲一毫的關係。

傲慢和偏見，還有眼鏡和太大的All Star帆布鞋

「好，剛才發的升學調查表下星期一要交，你們在星期一之前要填好。」班導師說完這句話，結束班會，班上的學生同時站起來，椅子發出喀答喀答的聲音。

戴著眼鏡的他看著手上茶色的紙。夏日潮濕的風帶著蟬聲從敞開的窗戶吹了進來。

（已經是這個季節了。）

不知不覺中，進入這所學校已經兩年多，轉眼之間，就成為學校內最高年級的學生了。

他就讀的南總高中位在房總半島的中央，是多年以來出了很多名人的縣立名校，但近年來，受到少子化的影響，再加上出現了新的私立高中，所以進入這所

學校的難度有逐年下降的傾向，升學情況大不如前，但每年都有兩三名學生考進難度最高的大學，只不過仍有學生因為成績太差而放棄考大學。總之就是一所學生素質參差不齊的學校，既有功課很好的學生，也有成績慘不忍睹的學生。

飯島靖貴在這所學校內勉強算是功課不錯的學生，大致來說，就是一個普通的學生。靖貴沒有參加運動社團，時間很充裕，只要認真預習和複習，成績就不至於太差。

除了能力問題，「充分享受青春的學生和虛度青春的學生」之間，也存在著肉眼無法看到的等級——不，其實可以根據服裝進行判斷，所以從這個角度來說，可以清楚看到等級的存在。

男生的話，參加棒球、足球社等主要運動社團，同時是正式選手的人，以及在輕音樂社組樂團的人屬於最高等級。其次是普通運動社團，接下來是雖然屬於文化社團的成員，但卻能夠和上面這兩個等級的學生說得上話的人，除此以外都屬於最低等級。最高等級和次高等級的學生，平時都不穿學校制服的背心，而是另外的款式，褲子也穿得鬆垮垮，一眼就可以看出來。

靖貴完全無法瞭解穿著學校規定制服以外的衣服有什麼意義，所以就遵守校規，衣服也穿得中規中矩。再加上他在一年級時，和同一所初中畢業、對動畫和特效有深入研究的克也剛好在同一班，每天放學後都一起回家，久而久之，靖貴和克也一樣，成為別人眼中的「宅男」，淪為最低等級的那群學生。

這是無可奈何的事，他完全不在乎。即使現在努力改變外表，仍會被人在背後議論，說像自己這種在初中默默無聞的傢伙，上了高中後想要脫胎換骨轉大人。反正像自己父母那種平凡到極點的人，還是照樣能夠結婚生子，所以他覺得轟轟烈烈的戀愛、充滿汗水和淚水的青春都暫時與自己無關。反正只要長大之後，自然會有屬於自己的幸福，現在不要有什麼非分之想，安安靜靜過日子就好。

「阿靖，回家嘍。」

靖貴抬起頭，看到克也站在他面前。

克也皮膚白淨，個子很矮，他的嘴唇紅得很不自然，再加上有一頭明明有洗頭，但整天都很塌的頭髮，所以從初中時，女生就經常罵他「噁男」。克也本人對這種惡評完全不放在心上，根本無意放棄宅男的興趣，每天都忙於蒐集各種消息。

就算靖貴沒有這方面的知識，但聽他口沫橫飛地分享「那一集的表演太神了」、「DVD刪改這個部分」，也覺得很有意思，而且經常覺得「很羨慕他有可以這麼熱衷的興趣」（只不過覺得克也明明沒有到合法年齡，卻公開持有許多十八禁遊戲和漫畫這件事不太妥當）。

靖貴急忙把東西收進書包，和克也一起走出教室。兩個人的身高差不多，靖貴稍微高一點，必須靠四捨五入才能勉強號稱自己有一百七十公分。

在出入口脫下室內鞋，換上球鞋時，克也問：

「對了，阿靖，你打算參加暑期集訓嗎？」

「對喔，我想要參加。」

暑期集訓就是暑假剛開始時舉辦的加強補習課。

南總高中三年級的暑假第一週，會在位於深山的訓練中心舉辦四天三夜的加強補習集訓，集訓期間，每天都針對五個主要科目上八節課。

雖然集訓採取自由報名的方式，但南總高中在二年級時就已經舉辦過教育旅行，三年級並沒有其他特別的活動，所以超過半數的學生都會參加。

靖貴內心覺得集訓「很麻煩」，但和他交情不錯的同學都表示會參加，如果只有他不參加，以後聊天時可能無法加入其他人的討論，這樣也很煩。他知道這種時候，最好就是採取和周圍人相同的行動。

「但是整整三天三夜都無法用手機，又不能上網，簡直太折磨人。要怎麼儲存論壇中我最愛話題的討論串？看來只能找我弟幫忙了。」

「這種事就只能忍耐一下了。」

靖貴安慰克也時，身後傳來一陣高亢的笑聲，隨即看到一群女生。靖貴一看到她們，就覺得背脊發冷。這群女生打扮入時又聒噪，走在最前面的是——

（是北岡……）

北岡視靖貴和克也為無物，對身旁的女生說：

「珠里，妳上次不是說，妳買了pique的睡衣嗎？妳買多少錢？」

「嗯，上次剛好有特價，我記得好像七千五左右。」

「是喔，很棒欸，我也好想買。」

「不要啦，不然集訓時，我們不就會穿一樣的睡衣嗎？」

這群聒噪的女生聊著這些話，像一陣風一樣離開。

等她們走遠之後，克也戰戰兢兢地問：

「……她們好像也會去集訓。」

「好像是……」

靖貴在回答時，努力不讓內心的不悅寫在臉上，但他內心無法平靜。幸好北岡剛才完全沒有看過來。

北岡惠麻——入學不久，這個女生就踐踏了自己的善意。她總是化著美美的妝，穿著短裙，亮麗的身影總是闖入他的眼簾。

他並不討厭外型亮麗的女生。只要不和她們有任何牽扯，至少很賞心悅目。但是北岡不一樣，只要她那些違反校規的打扮——一頭蓬鬆的鬈髮、不時閃亮的耳環和項鍊——進入靖貴的視野，那天經歷的痛苦回憶就會閃現在腦海。

「……對了，北岡為什麼會選理科？」

二年級時，他們一度不同班，靖貴暗自鬆口氣。但這所高中在三年級時，會根據學生選地理歷史，還是數學Ⅲ重新分班。

像北岡這種愛打扮的亮麗女生，通常都會進入選修地理、歷史的文科班，她看起來不像以後要就讀需要考數學Ⅲ的科系，沒想到她竟然和打算報考理工科系的靖貴一樣，選修了數學Ⅲ，結果又分到同一班。

靖貴覺得很不爽，不悅地說，克也似乎知道其中的原因。

「啊，會不會是因為木村的關係？」

木村是傳聞中曾經和北岡交往過一段時間的男生。他個子很高，梳著時下流行的髮型，他組了樂團，在去年文化祭時唱了自創的歌曲。雖然他同樣選修數學Ⅲ，但和他們不同班，是隔壁班的學生。

最近沒有看到木村和北岡在一起……自己沒必要關心這種事，無論他們在交往還是分手，都和自己無關。

「喔，對喔……」

靖貴意興闌珊地回答，拿下眼鏡，擦擦鏡框上的汗水。

體育館傳來籃球在地上彈跳的聲音，好像在催人趕快離開。

喀啦一聲，紙拉門打開。回頭一看，隔壁班的班長穿著T恤和短褲站在門口，頭上還冒著熱氣。

「喂，F班，輪到你們洗澡了。」

聽到叫聲，正在房間內休息的學生紛紛拿起自己的換洗衣服站起來。

暑期集訓已經來到第三天晚上，靖貴所在的三年F班共有三十名男生，大約一半的男生都參加了這次集訓，和靖貴一起睡在寬敞的和室內。

雖然他以前和其中幾個同學從來沒說過話，但這裡既沒有電視，遊戲機和手機都被沒收了，在這個深山內的訓練所內一起住上三天三夜，關係很自然地變得融洽，然後就發現那些總是大聲說話的運動社團的人，還有每天早上都在埋怨搞不定髮型的不良學生，其實都沒那麼討厭。

洗完澡後，洗好的頭髮還沒乾，就到了晚餐時間。今天的晚餐是牛肉燴飯。第一天是咖哩，第二天是牛丼，顯然是由於這種丼類是大家都能接受的餐點。

靖貴坐在食堂的舊椅子上吃著牛肉燴飯，坐在靖貴對面、之前曾經參加劍道社的內田小聲問他：

「飯島，今天晚上要去女生的房間嗎？」

啊？他差一點脫口發出驚叫聲。

參加教育旅行或合宿等需要住宿的校外教學時，基本上禁止去其他同學的房間。如果是去其他男生的房間，老師可能會睜一隻眼，閉一隻眼，但女生的房間在另一棟房子內，老師會在走廊上監視一整晚。

去年教育旅行時，有幾個男生得意忘形，跑去女生房間，結果遭到懲罰，跪在走廊上寫悔過書。

萬一被抓到很麻煩，更何況並沒有讓我不惜冒這種危險也要去見的女生。

「不，不必了，我不想去。」

「啊？我和惠麻、美優約好，我們全班男生都一起去找她們。」

「呃！」靖貴說不出話。那些女生期待的「全班男生」中，並不包括自己，難道待人親切的內田沒有發現這件事嗎？

靖貴在數秒內腦力全開，思考推托的理由。

「我有幾題化學搞不懂，所以打算今天複習一下。」

靖貴說了這個冠冕堂皇的理由，內田一臉遺憾歪著頭說：「好，那我知道了。」沒有繼續勉強他。

既然對內田說「要複習功課」，靖貴當然不可能留在房間內放空耍廢。晚餐後，他拿著課本和習題集，前往白天作為教室使用的會議室。

在熄燈時間的九點半之前，這裡作為自習室開放給學生使用。原本以為不會有其他人，沒想到竟然已經有一半座位都坐滿了。他打量四周，發現大部分都是成績名列前茅的學生，他再次認識到，功課好的人果然都很自律。

大致寫完化學的「酸鹼」習題後，靖貴不禁用力嘆氣。

此時此刻——不知道內田和其他男生有沒有溜進女生的房間。如果說他完全不羨慕，當然是騙人的，但想起內田剛才提到的那兩個女生，他就不禁畏縮。

北岡惠麻和持田美優是班上的兩個正妹，她們平時的化妝和染淺的髮色更襯托出她們姣好的容貌，從來沒有看過她們穿上以醜出名的南高制服。她們的短裙下總是露出膝蓋以上二十公分的纖細美腿，目中無人地在校內闊步而行。

如果說，學生的身分有金字塔的等級之分，男生的巔峰是運動社團的正式成員，我們班上的這兩個女生絕對位在女生金字塔的頂端。就連靖貴這個男生，也可以明確感受到其中的差異，雖和她們同班，但仍像是連語言都不相同、不同國度的人。靖貴從來沒有和她們聊過天，眼神幾乎不曾有過交集。只是剛好在相同的時期出生在同一個地方，然後進入同一所高中，除此以外，和她們之間沒有任何交集。那些雜誌彩頁上的泳裝明星，在彩頁上對他展露笑容，反而更能夠讓他產生親近感。

「妳很遜欸，怎麼連這題都不會？只要用通解公式，不是超簡單嗎？」

「咦？真的嗎？啊……我完全沒想到。」

聽到說話聲，靖貴抬起頭，看到一名以前住在國外的女生正在和班上的男生坐在一起聊天談笑。雖然學校規定不能去其他同學的房間，但無論男生還是女生，都可以自由出入自習室。這兩個人一定在交往，然後假借「自習」的名義，在熄燈之前享受短暫的約會。

靖貴位在學校種姓階級的最底層，過著和戀愛無緣的生活，看到他們恩愛的樣子，心裡很不是滋味。

（……再寫十題，就回房間。）

靖貴讀書的幹勁受到嚴重打擊，再度深深嘆氣。

「早知道應該帶耳塞來這裡。」雖然他後悔不已，但已經來不及了。

他沿著訓練所的樓梯上樓，回到Ｆ班的房間。

原本以為房間內一定很安靜，沒想到一打開門，就聽到熱鬧的笑聲和隱約的啜泣聲。

他走過脫了很多鞋子的入口，悄悄打開紙拉門。

他發現除了Ｆ班的男生，還有其他班級的男生，總共有二十人左右。

「喔，小飯，你回來了。」

內田向站在紙拉門旁的靖貴打招呼。

「……你們、在幹嘛？」

「這是阿亮的失戀派對，他剛才向美優告白，結果被打槍了。」

內田的臉通紅，嘿嘿笑著回答。他吐出的氣中有酒精的味道。

「喂……你們從哪裡……」

「沒關係，沒關係啦。小飯，你先坐下再說。」

內田說完，不由分說地把靖貴拉過去。有人從冰箱裡拿了飲料給他，空位處塞著不知道是誰偷藏在背包裡帶來的鋁罐。

喂喂喂！靖貴不禁愕然。回想起來，明明只是夏天來山上住四天三夜，有些同學帶了超多東西，原來他們偷帶來這些東西，難怪背包和行李袋都塞得滿滿的。他不知道該對同學的這種努力佩服還是傻眼。

但是昨天和前天晚上，這些同學都很安分。他們直到最後一天才狂歡，可能覺得萬一影響學習不大好。

靖貴走向坐在角落的克也，在他身旁坐下，打開飲料罐的拉環，看向在那群人中心的同學。

「我……喜歡她超久……她竟然說『對不起』……」

「好了好了，阿亮，你也是帥哥一枚，何必單戀一枝花。」

大家口中的阿亮就是佐佐木亮，他參加網球社，皮膚黝黑，是個人來瘋。

佐佐木流著眼淚訴說著對持田美優的愛慕，但靖貴在學校時，從來沒有看過他和持田美優說過話。他們幾乎沒有什麼交集，竟然可以愛得如此無法自拔，靖貴感到很不可思議。

他環顧室內，發現雖然名為「阿亮失戀派對」，但只有坐在佐佐木兩側的同學在聽他說話，其他人可能只是被飲料和零食吸引上門，各自聊著天、玩撲克牌。

靖貴和克也，還有隔壁班一個功課很好的男生聊著「想讀哪一所大學」這個很符合『學習集訓』宗旨的話題。

當他們得出「如果論性價比，東京以外的公立大學應該是首選」的結論時，一個身材高大的男生大聲嘀咕說：

「飲料和零食好像都不夠。」

聽他這麼一說，靖貴發現剛才堆得像小山一樣高的零食明顯減少。靖貴覺得已經差不多了，但似乎有人意猶未盡。二十個正值發育期的高中生聚在一起，個個都會變成無底洞的大胃王。

「好，那除了阿亮以外，其他人都猜拳。最後輸的人要去便利商店補貨。」

要從哪裡溜出去？咦，從一樓的窗戶跳出去就好了啊。靖貴聽到其他同學在討論。從他們的談話，不難猜到有人在晚上偷溜出去。

真麻煩。雖然靖貴這麼想，但只要自己猜拳贏別人就好。既然有二十個人，自己應該不至於一路輸到底。

內田站起來，向著天空高舉起拳頭說：

「那就開始嘍，預備！」

所有男生都一起吆喝著：

「剪刀石頭布！」

「……謝謝光臨，歡迎再次光臨。」

身後傳來超商店員尾音拉長的聲音。靖貴雙手抱著滿滿的採購品走出自動門，周圍樹林濃烈的味道撲鼻而來。

……出乎意料，靖貴在猜拳中一路輸到底。雖然他從中間開始加入，但運氣實在太差。他問內田，哪裡有超商？內田回答說：「咦？遊覽車來這裡的路上不是曾經經過嗎？」

他隱約記得上山之前，好像有一家超商……該不會就是那家？他向內田確認，內田滿不在乎地回答說：「沒錯沒錯，就是那家。」

『阿靖，你一個人可以嗎？要不要我陪你一起去？』

雖然克也這麼問他，但他鄭重婉拒。這幾天都和大家在一起，他正希望有時間可以一個人靜一靜。

於是，他獨自沿著沒有路燈的山中縣道，慢條斯理地下山。

他在超商翻了雜誌，採買完畢後，又沿著山路上山。走回訓練所大約兩公里左右，等回去的時候，剛才買的冷飲已都變溫。

但是他並不打算加快腳步。夜晚的寧靜中，不時聽到蟲鳴聲，不同於白天熱得讓人發昏，涼爽的風吹在身上很舒服。

走了差不多三分之一左右，手臂越來越痠，正當他開始後悔「早知道應該找克也一起來幫忙」時，看到一個白色影子出現在和緩彎道前方的人行道上。

（那是什麼？）

剛才下山時沒有看到那個影子。仔細一看，發現是一個人蹲在那裡，不知道是不是受了傷。

他繼續往前走，離那個人越來越近。他正打算上前關心對方，但又慌忙閉上嘴。

一頭明亮髮色的鬈髮和苗條的背影。他對這個髮型和渾身散發的感覺並不陌生。絕對錯不了。

（是北岡。）

怎麼辦？靖貴猶豫起來。即使自己想要幫忙，對方可能只會冷冷地拒絕說：「我沒事。」他可不希望自己的好心被同一個人無情踐踏第二次，這麼一想，就覺得視而不見是上策。

靖貴假裝若無其事地走過穿著白色T恤蹲在那裡的北岡身旁。

……但是，當他走過北岡面前時，還是有點擔心，轉頭看了一眼。

就在這時，他們四目相對。

（呃……）

北岡立刻移開了視線，但在漆黑的夜晚，靖貴覺得她好像快哭出來了。

……該置之不理，棄之不顧嗎？但是她剛才的眼神可能在求助。

誰叫自己遇到了呢？無論如何，上前關心一下，如果她不領情，那就真的不能怪自己丟下她不管。

靖貴走回北岡身邊，下定決心後問她：

「妳怎麼了？」

北岡低著頭，用和平時完全不同的無力聲音回答說：

「我的涼鞋壞了……」

一只看起來像是北岡的細帶涼鞋掉在柏油路面上。應該綁在腳踝上的細帶可能縫得不夠牢，根部拉斷了。她好像也是出來買東西，旁邊有一個超商的塑膠袋。

靖貴不經意地看向北岡光著腳的腳尖。

（……哇，也太慘了。）

這雙涼鞋可能很不合腳，她的大拇趾和小拇趾的關節部分擠出紅色的水泡，而且發腫，好像隨時都會破裂。好不容易勉強擠進這雙涼鞋，卻一下子就壞了，簡直得不償失。靖貴很同情她，蹲在她面前，探頭看著她的臉問：

「腳會痛嗎？有辦法走路嗎？」

北岡不發一語，用力搖著頭。

「這樣啊。」靖貴嘀咕一聲，深深嘆氣後站起來。

北岡立刻著急地說：

「你、你千萬不要揹我走。」

「啊？」

靖貴完全不打算揹她。雖然他喜歡爬山，但沒有足夠的體力在這種上坡路段揹一個人走一大段路，更何況手上還拿著一堆東西。

靖貴解開腳上的帆布鞋鞋帶，脫下鞋子後，丟在北岡面前。

「這個給妳穿。」

「啊？」北岡瞪大原本就很大的眼睛。

「這雙鞋子很大，應該不會碰到妳的水泡……如果妳不想穿就算了。」

靖貴有點不客氣地說道，北岡立刻把腳伸進帆布鞋，代替回答。

Converse的All Star。這款帆布鞋的款式很中性，即使北岡穿在腳上，也不會奇怪。靖貴穿了襪子，走回訓練所應該沒問題。

北岡綁緊鞋帶後，搖搖晃晃起身，一瘸一拐地走了起來。

「妳的東西給我。」

雖然靖貴自己的東西也很重，但不忍心讓受傷的女生再拿東西。

北岡再次默默地把手上的超商塑膠袋遞過來。

（這個女生不會道謝。）

靖貴在接過塑膠袋時想道。雖然很慶幸她順從地聽自己的建議，但就不能稍微和顏悅色一點嗎？

……這是否代表這個女生覺得即使向自己道謝，對她也沒好處？難道她這麼看不起自己？

靖貴對自己自卑的想法悶悶不樂，用力吸氣，和她一樣不發一語，走在山中的縣道上。

不時踩到大石頭時，只穿襪子真的超痛。

不知道過去五分鐘還是十分鐘，總之過了一會兒，走在後方的北岡突然大聲叫住他。

「喂！等一下！」

「怎麼了？」

「你走太快了！」

回頭一看，發現和北岡之間拉開超過二十公尺的距離。自己借鞋子給她穿，還幫她拿東西，她的態度也太惡劣了。

但不管怎麼說，她畢竟受傷了。靖貴停下腳步，等北岡追上來後，比剛才走得更慢。

他們一前一後，以相同的速度走在路上，身後的北岡突然開口。

「飯島，我問你，內田他們差遣你當跑腿嗎？」

差遣我當跑腿……這種說法太過分了。自己在她眼中，似乎就是這樣的人。

「才不是呢，我只是猜拳輸了。」

靖貴簡潔地陳述事實，北岡似乎點點頭，「喔」了一聲。

「原來是這樣，我也是。」

「是喔。」

「我原本和美優、珠里在聊天，她們說要試膽量，於是就猜拳，結果我輸了，她們就逼我出來買東西。」

原來女生也會做這種離譜的事……手機都集中保管了，難道她的朋友沒有想到，萬一發生意外怎麼辦嗎？

靖貴的腦海中浮現北岡剛才提到的那兩個人的名字，突然開口問：

「啊，對了……」

「什麼？」

靖貴慌忙打住，但北岡追問：「你要問什麼？」

北岡在不知不覺中走到他身旁，探頭看著靖貴的臉嫣然一笑說：

「你該不會想問佐佐木的事？」

她猜對了。剛才的派對上，佐佐木亮為被持田美優打槍唉聲嘆氣。到底是怎麼被拒絕的？……靖貴很好奇，北岡似乎知道其中的原因。（北岡一頭鬈髮，但持田有一頭飄逸的直髮，靖貴覺得喜歡持田的人更多。）

北岡輕輕聳聳肩，手指繞著鬈髮說：

「沒辦法啊，因為美優正在和大學生交往。」

「啊？是這樣嗎？」

「嗯，是她的學長……啊，你不要說出去。」

「那妳為什麼告訴我？」

「你看起來口風很緊。」

她很乾脆地斷言。得到她的信任，或許是一件值得高興的事，但靖貴仍然覺得其實她沒必要告訴自己。也許走這麼長一段路，兩個人之間無話可說，她覺得太無聊了。

不一會兒，北岡開始發牢騷，一下子說這裡的被子很硬，她睡不著，一下子又說對指數、對數一竅不通。靖貴聽著她無聊的抱怨，有一搭沒一搭地回應著。北岡說了一陣子，可能真的累了，漸漸不再說話。

兩個人都沉默不語地走著，終於看到訓練所的燈光。靖貴鬆口氣，繞向後門，看到一個人影站在後門，用力向他們招手。

「啊、惠麻！」

一個剪了妹妹頭、個子矮小的女生跑向北岡。她是同班的安藤珠里。幸好她沒有看到穿著深色T恤的靖貴。

安藤上前抱著北岡，情緒激動地說：

「啊喲，惠麻！等了很久，一直沒看到妳回來，我擔心死了！」

「對不起，對不起。」

「即使想要聯絡妳也沒辦法！我不知道該怎麼辦！」

北岡抱著安藤嬌小的身體，拍著她的肩膀安慰著她。

如果再等五分鐘，妳還不回來，我就打算去找老師了……千萬不可以這麼做。離她們有一小段距離的靖貴聽到她們的對話。

安藤沉浸在感人的重逢（？）中，似乎沒有問北岡去了這麼久的原因，也沒發現她換了鞋子。安藤說話帶著哭腔，不難猜到她真的很擔心北岡。

（她們是好朋友。）

靖貴感到溫馨的同時，突然想到一件事。

……北岡一定不喜歡她的朋友知道她和自己一起走回來，然後問東問西。帆布鞋改天再還給自己就行了。而且如果自己太晚回去，其他同學可能會擔心「那傢伙在搞什麼？」

靖貴把東西輕輕放在安藤看不到的位置，什麼話都沒說，就轉身離開了。

背後傳來安藤大聲說話的聲音，靖貴不禁為她們擔心。「說話這麼大聲，小心被老師聽到。」

靖貴和剛才出去時一樣，從一樓及腰的窗戶潛入訓練所。

他首先把雙手拿著的塑膠袋放進窗戶內，然後縱身一跳，跳越窗框。

進去之後，他先脫下沾滿泥土的襪子，丟進垃圾桶。因為襪子不僅髒了，而且在柏油路上走了很久，原本就已經磨損的地方幾乎快磨破了。

他沿著樓梯回到F班的房間，打開門，走進紙拉門內，發現室內的氣氛和他離開時大不相同。

靖貴把買回來的東西放在房間中央，走向正在房間角落寫筆記的克也。

「我回來了……」

當靖貴走過去時，克也慌忙闔起筆記本。他可能在寫日記。

「阿靖，你回來啦，怎麼去了這麼久？」

「啊？嗯……是啊……」

他看了手錶，發現自己離開將近一個小時。其他班的學生似乎都回去自己的房間，剩下的人有一半已經躺在被子裡開始打鼾。

自己白跑一趟。想到這裡，就有一種徒勞的感覺，但又很慶幸不會有人問他：「你怎麼去了那麼久？到底去幹嘛了？」如果被人知道他和北岡兩個人單獨走回來，一定有人會說閒話。

靖貴從自己買回來的飲料中拿出兩罐，遞給克也一罐後，兩個人說聲：「乾杯！」然後舉罐輕輕碰一下。

靖貴咕嚕咕嚕開始喝。剛才走了一大段山路，口乾舌燥，他感覺到汽水的液體滲進全身。

——不，自己只是太緊張了……

他回想起走回來時的景象。

北岡回頭看自己時怯懦的臉、誤以為自己要揹她，結結巴巴地說「不要揹我」的聲音，還有探頭看自己時那雙充滿笑意的眼睛。

雖然她沒有對自己說「謝謝」，但看到她意外的一面，所以也覺得挺開心。下山之後，一定再也無法看到她那些表情，要趁現在好好享受餘韻。

靖貴的嘴角微微上揚，小聲問克也：

「克也，我問你。」

「什麼事？」

「我記得你有帶夾腳拖，明天可以借我嗎？」

克也不喜歡穿鞋子，所以除了戶外穿的球鞋以外，還多帶一雙在館內穿的夾腳拖。靖貴想起這件事，打算向他借夾腳拖。

「好啊……怎麼了？」

克也欣然答應，靖貴內心鬆了一口氣回答說：

「剛才走岔路時踩到水，鞋子都髒了，沒辦法穿。」

「這樣啊，辛苦你了。」

（對，真的超辛苦。）

靖貴看著自己光著腳的腳底想道。

小石頭劃破襪子，在腳底留下的一排傷痕好像是某種印記。

上完廁所，走上遊覽車，坐在後方的美優看到她，揮著手叫她：「惠麻。」

美優坐在靠窗的座位，她在靠通道的座位坐下。她的好朋友珠里和心菜一起坐在隔著通道的座位上。

集訓最後一天的第四天只上了三節課，吃完午餐後，所有人都坐上遊覽車，送學生回學校或是車站。

班導師確認名冊上所有人都上車後，遊覽車發出低沉的引擎聲，緩緩出發。

惠麻不經意地抬起頭，發現一個戴眼鏡的男生坐在斜前方。

那個男生蹺著二郎腿，把腳伸到通道上，他的腳上穿的不是鞋子，而是平價的夾腳拖。

——自己做夢都沒有想到，昨天竟然會發生那種事。

惠麻帶著一絲疲憊的腦袋回想起昨晚的事。

晚餐後，班上的幾個男生來女生房間玩。（前一天，男生曾經問她：「可不可以去找妳們玩？」她沒有多想，就隨口回答說：「好啊。」沒想到男生還當真了。她完全沒想到那些男生會躲過老師的監視來找她們玩。）

結果就出現了慣例的告白時間，玩了幾十分鐘後，就把男生趕走。接下來就是女生的談天說地時間。

『那就來決定今天要派誰去補貨。』

聊天告一段落後，心菜說道。

她們採用公平的方式，猜拳決定誰去買東西，但昨天第三天，自己運氣太差，猜拳猜輸了。她很怕黑，不太會走坡道，但因為第一天和第二天已經有別人去了，她不好意思說自己不想去。

好不容易走到山下的超商，看到了一個認識的男生。

『惠麻，妳也來採買嗎？』

對方說話的語氣，就讓惠麻產生不祥的預感。二年級時曾經和他一起參加班幹部會議，當時就曾經感受到他很沒禮貌，經常盯著自己看。

惠麻買完東西時，那個男生果然跟上來。他是和惠麻很要好的珠里的中學同學，惠麻不好意思不理他，所以只能意興闌珊地回答他的問題。

『惠麻，妳現在沒化妝嗎？』

『啊？』

『……妳也太正了。』

哪有人突然說這種話？惠麻有點傻眼，但她還來不及回答，對方就伸出粗壯的手臂抱住她。

『不要！』

對方把嘴唇貼過來，她立刻轉過頭，用力掙脫後，逃進路旁的雜木林。

『喂，妳去哪裡！』

那個男生在路旁大叫著，語氣和剛才完全不一樣。惠麻坐在樹後，屏住呼吸，不一會兒，沙沙的腳步聲消失，那個男生似乎灰心地離開了。

惠麻等全身的顫抖停止後，搖搖晃晃走回道路的方向。

（簡直衰到家——）

真想趕快回去倒頭大睡。早知道會發生這種事，剛才應該阻止其他人玩猜拳，即使氣氛因此變得有點尷尬也沒關係。她想著這些事，再度邁開步伐。

這時，腳下傳來「噗滋」的聲音。她不知道發生了什麼狀況，低頭一看，發現涼鞋的鞋帶斷了。

惠麻欲哭無淚地蹲下。怎麼會這樣？簡直是屋漏偏逢連夜雨，衰事連連，新買的涼鞋竟然壞了。而且來這裡之前，根本沒想到要走很多路，所以穿了這雙高跟的涼鞋，現在腳上都起了水泡，簡直慘不忍睹。

她連一步也不想再走。老天爺真是太折磨人，難道剛才應該默默被那個男生吃豆腐？

救命啊，誰來救救我——正當她內心如此祈禱時，那個傢伙出現在眼前。

『妳怎麼了？』

抬頭一看，發現同班的飯島站在眼前。

說句心裡話，當聽到他的聲音時，曾經有點失望，「為什麼是他？」這個瘦瘦的眼鏡男雖然是同班同學，但很沒有存在感，從來沒有說過話。一年級時好像曾經和他同班，只是對他完全沒有印象。他經常和另一個宅男形影不離，那他八成也是宅男，既沒有揹自己的力氣，遇到難關時，恐怕沒有足夠的腦力想出解決的方法。

但是那天晚上走投無路，急不暇擇，淚水在眼眶中打轉，只好向他說明自己遭遇的困境，而飯島竟然毫不猶豫地脫下自己腳上的帆布鞋借給她穿。

走回訓練所的路上，飯島果然不出她的所料，一路上都沉默不語。但是她很慶幸飯島沒有向自己獻殷勤，只是靜靜地陪自己走路，而且她第一次看到飯島穿便服的樣子，和平時穿那套土裡土氣的立領制服時有不同的印象。他的T恤和短褲都很合身，看起來還算有型。

雖然帆布鞋的內側不時碰到腳上的水泡，但比高跟鞋好走多了。只要鞋帶綁得夠緊，就不必擔心鞋子太大的問題。

回到訓練所，珠里在後門等著惠麻。珠里流著淚說有多擔心，惠麻忙著安慰她，結果飯島不知道什麼時候離開了。惠麻原本還想把鞋子還給他，順便向他道謝，但後來又想到自己沒辦法繼續穿已經壞掉的涼鞋，幸好飯島今天上午上課時，穿了一雙不知道從哪裡借來的夾腳拖，所以應該不至於不方便，而且當著其他同學的面，和他討論還鞋子的事很麻煩，於是就決定繼續穿他的鞋子。

……雖然穿在腳上看不出來，但那雙帆布鞋穿在腳上足足有三公分的空隙。惠麻在鞋子內動著腳趾，心想飯島個子並不高，沒想到腳那麼大。

「——惠麻，妳有沒有聽我說話？」

聽到美優的問話，惠麻才猛然回過神。

「啊？啊，對不起，妳剛才說什麼？」

「我在說，野澤學長說今天會帶朋友一起去看煙火。」

野澤學長就是目前美優正在交往的大學生。美優打開剛才發還給大家的手機的電源，看了電子郵件。

今天將在鄰市舉辦盛大的煙火晚會。美優和她的男朋友似乎打算介紹「朋友」給惠麻認識。

「嗯……」

惠麻假裝想一下，又在鞋子內動動腳趾，還沒消掉的水泡還很痛。

「今天有點累了，我還是不去了。」

美優明顯露出抗議的表情，嘟著嘴說：「為什麼嘛？」但惠麻並不打算改變主意。

以此表達感謝

集訓結束後，就正式進入暑假。也就是說，接下來要為考大學好好用功了。

靖貴每天早上去補習班上課，下午在自習室讀書到天黑，幾乎每天都過著同樣的生活。留在家裡就會胡思亂想，但身處自習室，周圍的人都在讀書，就可以激勵自己發憤讀書。

八月初的這天也一樣，靖貴白天幾乎都在補習班，傍晚才回到家。之後洗完澡，稍微休息一下後，走去廚房洗米。

說句心裡話，他覺得考生每天還要幫忙做家事，似乎有點太強人所難，但父母的教育方針是「如果不學習做家事，以後就會變成廢物」，他也贊同這個意見，所以每天都會洗米、折衣服，每個星期會打掃房間一次。

他用手掌洗著米，聽到玄關傳來「叮咚」的門鈴聲。似乎有人在這個傍晚時間上門。

「來了。」正在客廳的媽媽應聲，聽到開門聲後，媽媽發出了不知所措的聲音。

（是誰啊？）

訪客說話的聲音很小聲，靖貴聽不到對方在說什麼。沒關係，媽媽雖然是大嬸，但很精明，不至於被騙或是被推銷。即使對方想要推銷，媽媽也會東拉西扯一番，對方就會知難而退。靖貴這麼想著，繼續洗米。

他關上水龍頭時，聽到玄關傳來的說話聲。

「Yasu-taka……喔喔，妳是說靖貴（Yasu-ki）。」

原來上門的訪客要找自己。靖貴猜不到誰會來家裡找自己，但慌忙用水沖掉手上的米。

「靖貴，你同學來找你。」

靖貴正在裝水時，媽媽大聲叫著他。我知道。雖然我們家是獨棟的房子，但房子並不大，即使不需要扯著嗓子說話也聽得到。

他把裝好米和水的飯鍋放進電子鍋後走去玄關，媽媽剛好走回客廳。

當他看到站在微微敞開的門外的人，驚訝得心臟差一點從嘴裡跳出來。

「北岡……」

他小聲叫著對方的名字，北岡惠麻輕輕向他鞠躬，完全沒有笑容。

北岡穿了一件合身的T恤和牛仔短褲，搭配平底涼鞋，一身休閒打扮。上次集訓時也一樣，她不穿制服時，臉蛋和很有女人味的身材，讓她看起來很成熟。

靖貴愣在那裡不說話，北岡窘迫地皺起眉頭。慘了，自己不禁一直盯著她。

「呃，這個。」

北岡低著頭，把右手拿著的環保袋遞給靖貴。

「喔，喔喔。」

靖貴接過來，發現裡面是之前借給她的那雙帆布鞋。他注視著鞋子，不知道該說什麼，北岡小聲補充說：

「你放心，我已經洗乾淨了。」

……我並沒有擔心這件事。即使穿了之後直接還給我，我也完全不介意。

「不用這麼急著還給我，我還有其他鞋子。」

靖貴記得北岡住在學校附近的鄰市，從她家搭電車到這裡要搭四站。她為了送這雙鞋子，特地來這麼遠的地方嗎？靖貴不禁慰勞她的辛苦，北岡更加疑惑地撇著嘴角說：

「但一直放在我家也很傷腦筋。」

靖貴覺得自己太自作多情，所以才會被打臉。她只是為了她自己來歸還這雙鞋子。

無論如何，她都是從很遠的地方特地來還鞋子。「不好意思，讓妳費心了。」靖貴淡淡地說，以免聽起來像在挖苦，北岡又遞了另一個小紙袋給他。

「這個也給你。」

這個紙袋似乎是她特地帶來給靖貴的，不知道是哪家雜貨店的袋子，無論標誌和材質都很可愛。

「啊？這個要給我嗎？」

北岡默默點點頭。紙袋裡裝滿棋格餅乾，不知道是否剛出爐不久，餅乾發出淡淡的奶油香氣。

「這種餅乾自己做很便宜。剛好家裡有現成的材料，所以……」

北岡好像在辯解般一口氣說道，然後又好像擔心他誤會，特地聲明：「雖然是為了表達感謝，但並不是什麼很貴重的東西。」

靖貴從來沒有收過女生親手做的餅乾，而且想到她竟然能夠用家裡現成的材料做出這麼好吃的餅乾，不禁佩服。

「啊，呃，謝啦。」

他簡短回答。

雖然他內心很興奮，但仍然故作平靜。北岡後退一步，用幾乎聽不太清楚的聲音小聲說：

「……集訓的時候，多虧你幫忙。」

「嗯……我只是借了鞋子給妳而已。」

雖然北岡始終沒有說「謝謝」這兩個字，但靖貴能夠感受到她的心意，而且覺得她還滿可愛的，差一點眉開眼笑。

「那我走了。」北岡轉身準備離開，靖貴慌忙叫住她。

「北岡。」

「什麼事？」

她在路燈下轉過頭，頭髮也跟著飄動。一定是因為北岡和平時不太一樣，所以自己也變得有點奇怪。雖然靖貴覺得很不像自己的風格，嘴巴仍然不由自主地動了。

「妳是怎麼來這裡的？」

「呃……我從車站往永旺超市的方向走，然後沿著大馬路走來這裡……」

「……有捷徑可以走。我剛好也要去車站，妳等我一下。」

天色已經暗了，他擔心會有危險。

但如果直接說「我送妳」，北岡一定會拒絕。他預料到這一點，才說自己剛好要去車站，北岡模稜兩可地點點頭。

靖貴回家拿了皮夾和腳踏車鑰匙，穿好鞋子後走出玄關，發現北岡很禮貌地站在門外，抬頭看著庭院內種的樹等他。

靖貴推著腳踏車，走在日落之後，被染成群青色的住宅區路上前往車站。

身材苗條的女生走在身旁。不知道是洗髮精還是香水，總之在他平時的生活中，從來不曾嗅聞過的芳香氣味飄過鼻尖，讓他每一秒鐘都強烈意識到身旁的女生。

雖然他成功讓她同意送她去車站，卻不知道該聊什麼……緊張和興奮讓他完全想不到任何話題。

最後北岡似乎無法忍受沉默，主動開口。

「那個……」

「什麼？」

「你換了眼鏡。」

「啊？」

靖貴有點莫名其妙。他最近一次配眼鏡已經是兩年多前，目前戴的眼鏡也是舊的。

北岡為什麼會這麼問？該不會是和其他戴眼鏡的男生搞錯了？他稍微考慮一下，摸摸眼鏡，才終於知道其中的原因。

「喔，我平時在學校時不是戴這副眼鏡。」

「啊？怎麼回事？」

「我在家的時候才戴這副眼鏡。」

這副深藍色的塑膠框眼鏡，是初中三年級時，之前的眼鏡壞掉時的代用品，現在主要都在家裡的時候戴。

北岡聽到靖貴的回答，驚訝地問：

「為什麼在學校時不戴這副？」

北岡平時都冷若冰霜，但一對一相處時，態度就不會這麼冷淡，就和之前從超商回訓練所時一樣。靖貴發現這件事後，話也多了起來。

「這副眼鏡的度數不夠，平時耍廢的時候戴沒問題，上課時看不到老師在黑板上寫的字就傷腦筋了。」

剛買這副眼鏡時，曾經戴去學校，但之後為了考高中用功讀書，再加上看太多書，視力變差，上高中時，新配一副目前去學校時戴的眼鏡，所以上高中後才認識的同學沒有看過他戴這副眼鏡的樣子。

北岡抬頭看向靖貴的側臉後，不滿地說：

「這副眼鏡明明比較好看。」

「是嗎？」

「嗯，你平時戴的那副，一眼就看出來是宅男。」

北岡太直言不諱，靖貴不禁大失所望。平時去學校時戴的那副眼鏡鏡片很大，看得更清楚，而且為了避免擋住視線，用了比較細的金屬框。鏡框的設計很經典，再加上很清楚，靖貴很滿意……

「妳好像誤會了，我並不是宅男。」

「是嗎？」

「讓妳失望了，我完全聽不懂克也說的內容。」

她剛才說靖貴『一眼就看出來是宅男』，顯然認定靖貴就是宅男，所以必須鄭重否認，以免她期待自己會說一些含金量很高的專業知識。

北岡竟然納悶地歪著頭說：

「那你為什麼會和齊藤在一起？」

「為什麼……」

克也姓齊藤。

但是當朋友需要理由嗎？又沒有人規定，宅男只能和宅男當朋友。

雖然靖貴覺得有點莫名其妙，但如果真的有什麼理由，應該就是這個原因。

「嗯……我想應該是因為他人很好。」

雖然女生覺得克也的外型看起來不怎麼樣，但克也知識很淵博，說話很有意思，而且不管對他說什麼，他都一笑置之，不會放在心裡，更不會不高興。之前靖貴生病請假時，他還帶了上課的筆記上門探視。這樣的朋友已經不是一百分，而是一百二十分。

北岡聽了靖貴的回答，愣了一下後，呵呵一笑。

「這樣啊，原來他人很好。」

靖貴完全搞不懂她的笑點在哪裡，但並不覺得她在嘲笑或是不屑，希望可以稍微提升女生對克也的印象……只不過恐怕無法期待可以產生這麼大的影響力。

北岡笑了一陣子後，改變話題。

「對了，原來你的名字讀 Yasu-ki，我剛才叫錯你的名字，問你媽說，請問Yasu-taka 在家嗎？」

「喔喔，大家經常唸錯。」

他剛才聽到玄關的對話（其實只聽到媽媽的聲音），所以大致猜到是怎麼一回事。

第一次見面的人，看到靖貴這兩個字，都會唸成「Yasu-taka」，雖然和北岡同班超過一年，但她不會唸自己的名字很正常，這代表她對自己根本不感興趣。

「一個字用訓讀發音，另一個字用音讀發音不是很奇怪嗎？」

「妳對我說這些也沒用……要問我爸媽啊，這不是我能夠決定的事。」

北岡心直口快，靖貴只能無奈地聳聳肩。雖然知道她說這種話很失禮，但靖貴覺得她直腸直肚、毫無顧忌的說話聽起來很舒服。

「北岡，妳的名字叫什麼？」

靖貴知道她的名字，但還是問了一下。

「惠麻。」北岡立刻回答。

「……不錯的名字。」

靖貴聽到她的名字，再次這麼認為。她的名字既不會太新奇，也不會很老派，而且應該不會像自己的名字一樣，經常有人會唸錯。

北岡聽了靖貴的稱讚，得意地點點頭說：

「嗯，聽說是根據外國女明星的名字取的。」

外國女明星……該不會是？

「我先聲明，並不是《艾曼紐[1]》那部電影。」

靖貴的想法被她猜中了，只好沉默不語。那的確不是女明星的名字，而是電影中角色的名字。

「但艾曼紐也算是猜中一半……是一個名叫艾曼紐・琵雅的法國女明星，反正她以前很可愛。」

雖然北岡說這個女明星很可愛，但靖貴從來沒聽過，不知道那個女明星幾歲。

「是喔……我沒聽過。」

「我想也是，因為每次我提到這個女明星，從來沒有人說：『啊，我知道她。』」

北岡若無其事地說，靖貴偷偷瞥了她一眼。

聽她這麼說之後，覺得她的確有點像混血兒。靖貴忍不住想，「人的腦波真的很弱」。

快到車站了，他們在紅燈前停下。北岡從口袋裡拿出手機開始傳訊息。

雖然（當然）看不到她的訊息內容，但眼睛幾乎跟不上她的手指迅速打字的速度。

「怎麼了？」

北岡似乎已經傳完訊息，抬頭看著他問。她似乎發現靖貴盯著她看。

「沒事，只是覺得妳打字超快。」

靖貴坦率說出內心的想法，前方的號誌燈變成綠燈。

走過斑馬線後，北岡把手機放回口袋時問：

「對了，我去你家之前，看了一年級時發的名冊，發現你只留了家裡的電話，你沒有留手機號碼嗎？」

靖貴這才想起的確有這本名冊。因為說要保護個資，所以並不是學校製作的，但在一年級學期剛開始時，曾經以「請各班有意願的人留下通訊資料」為說法，發了一張需要填寫住家地址、電話和就讀初中的問卷調查單。

❶艾曼和惠麻日文音近。

之後，全班同學都拿到印有全班所有人電話、地址的通訊錄，靖貴覺得根本沒用，在年底大掃除時就丟掉了，但北岡似乎根據上面的地址找到靖貴家。

靖貴聽了北岡的問題，冷淡地回答：

「我沒有手機。」

「啊？真的假的。」

她的反應完全在意料之中。最近幾乎所有高中生都有智慧型手機，所以她會驚訝並不意外。

「為什麼沒有手機？大家都有手機啊。」

北岡瞪大眼睛問，說話也很大聲。她似乎對這件事很意外。

「唉。」靖貴嘆氣後回答：「上高中時，我爸媽要我在手機和電腦之中二選一，我選了電腦。」

「但電腦沒辦法帶在身上，不是很不方便嗎？你朋友沒有叫你趕快買手機嗎？」

「有啊，但其實對生活沒有太大影響。」

靖貴的生活基本上就是家裡和學校兩點一線，最多就是去補習班，沒有任何需要緊急聯絡的事。雖然有人說「約見面時很不方便」，但只要不遲到，就不會有問題。他父母知道他好朋友的電話，他也曾經交代父母，萬一有什麼急事，可以打朋友的電話。更何況以前沒有手機的時代，大家還不是都活得很好，沒有手機也不會死。

「是喔。」北岡以好像在看稀有動物的表情看著靖貴，發出不知道是佩服還是無奈的聲音。

「你選電腦喔。你這麼需要電腦嗎？平時都用電腦玩什麼？」

「玩什麼……像是寫程式之類的，手機就沒辦法做吧。」

「程式？你自己會寫程式？」

「嗯……只是簡單的程式。」

之前初中時，在圖書館隨手拿起一本Java的入門書，然後用學校的電腦試了書上所寫的內容，沒想到很有趣。所以當父母問他要買手機還是電腦時，他選擇電腦。

北岡大聲笑起來。

「我就說你是宅男吧。」

「……我應該不算。」

「在我眼裡，你根本就是十足的宅男啊。」

……是這樣嗎？北岡似乎千方百計要讓「飯島＝宅男」的等式成立。靖貴覺得她認為的宅男和自己對宅男的定義並不相同。

早知道就不告訴她這件事。雖然靖貴有點後悔，但話已出口，覆水難收。他帶著近似灰心的心情，用力握住腳踏車的把手。

前方就是車站前的圓環，差不多該向北岡道別。

「你可以考慮買手機，現在的家族優惠可以有超多折扣。」

又是這個話題嗎？即使自己買了手機，也不會對她有任何影響。她是電信公司派來的嗎？靖貴內心有點洩氣。

「妳這麼說，我就更不想買手機了……但上了大學之後，應該會買吧。」

「是喔。原來你這個人很頑固，或者說喜歡和人唱反調。」

「隨便妳怎麼說，我不像妳這麼可愛，又不受歡迎，現在根本不需要手機。」

「呃……」

北岡的語調突然改變。自己說了什麼不該說的話嗎？

「怎麼了？」

靖貴納悶地轉頭看著北岡的臉，橘色的路燈下，她不知所措地低頭看著地面。

「沒事。」

雖然看起來不像沒事……但既然她不想說，那就沒必要追問。而且剛好來到車站，不必繼續聊下去。

北岡從手上的皮包內拿出皮夾，站在驗票口前。

「回家的路上要小心。」

「嗯，改天見。」

北岡淡淡一笑，揮手道別。她栗色的頭髮和白皙的手腳都漸漸遠離。即使在下班的人潮中，她走進驗票口，走向通往月台階梯的背影好像會發光似地吸引著靖貴的目光，但北岡沒有回頭看他一眼。

……剛才發生的一切太不真實了。和自己完全屬於兩個極端的班上女生，竟然突然上門來找自己，然後像老朋友一樣閒話家常後離去。

即使明天在學校遇到，北岡一定會表現得好像今天的事情從來不曾發生過。

雖然靖貴知道這件事，但仍然無法克制內心心潮澎湃。

變幻季節

雖然秋老虎仍然發威，但暑假已經結束，靖貴穿上許久未穿的制服，走進校門。

一走進教室，發現棒球社的同學頭髮都變長了，強烈感受到「啊，這些人也都退出社團了。」

開始上課之後，北岡惠麻仍然和以前一樣。她和要好的女生，以及和其中某個女生交往的男生，形成一個小圈圈，在教室的時候，只和小圈圈的人聊天，既沒有主動找靖貴說話，似乎也沒有告訴其他人，在集訓時發生的事，以及去靖貴家還鞋子的事。靖貴每天都搭電車上下學，北岡都走路上學，早上到學校的時間也不同，所以彼此甚至不會打招呼。唯一的改變是——

「咦？惠麻，妳換了髮型。」

其他班級的男生來教室借課本時，問剛好同在教室內的北岡。暑假結束後，北岡從原本一頭淺色的鬈髮變成顏色較深的直髮。第一天到學校時，大家都說她「很可愛」、「超可愛」，靖貴第一次看到她的新髮型時，也有一點心動的感覺。

坐在座位上的北岡聽到那個男生說的話，只是「嗯」了一聲，沒有太大的反應。靖貴當時正在稍遠處和克也說話，但可能那個男生說話太大聲，所以一直傳入他的耳朵。

「是喔……太可愛了，我喜歡妳現在的髮型。」

不知道為什麼，靖貴一聽到這句話，內心產生一絲煩惱。他偷偷觀察北岡，發現她並沒有因此高興，只是低頭滑著手機。

原來並不是只有自己對那個男生說的話不爽。靖貴不由得感到安心。

上課鈴聲很快就響了，那個男生走出教室，靖貴回到自己的座位。

北岡坐在靠走廊那排座位的中間，離坐在窗邊的靖貴很遠。每個人看到她那頭飄逸的直髮都會覺得「很可愛」，自己只是和其他人有相同的反應而已。

俗話說，「熱到秋分，冷到春分」，開學後沒多久，早晚已經開始吹起涼風。

靖貴就讀的補習班在千葉車站附近的商業區內，在暑假衝刺班結束之後，他每個星期都有兩天會在放學後，搭電車去補習班（補習班剛好在和學校相反的方向，但都在東房線的沿線，下行的電車沿途經過千葉車站→住家→學校）。

克也同一天在附近的補習班上課，他們通常都在放學後約在車站前的速食店見面，然後再一起搭電車回家。

靖貴在補習班放學後，走進速食店喝咖啡等克也，同時複習古文助動詞的活用，之前聽了好幾次都記不住。

「阿靖。」

聽到叫聲，他抬起頭，看到克也站在面前。

他開始收拾東西準備回家，當他起身走出速食店，克也突然停下腳步。

靖貴不知道發生什麼事，轉頭看向克也。克也皺著眉頭，小聲對他說：

「阿靖……我跟你說，有一件事，我一直都沒告訴你……」

「什麼事？」

到底發生什麼事？靖貴想起幾個小時前，克也對他說：「對不起，我要先走一步。」班會課一結束，他就衝出教室……

「怎麼了？」靖貴又問了一次，一個身穿白色制服襯衫的女生從低著頭的克也身後走出來。

「克也，他就是『阿靖』嗎？」

克也聽到女生這麼問，轉過頭，對她微微點頭。女生站在他身旁，向靖貴鞠躬說：

「很高興認識你，我經常聽克也聊到你。」

說完，她輕輕碰碰克也的手。那個女生很嬌小，說話帶著娃娃音，純樸的臉蛋紅通通，看起來像一顆蘋果。

……即使不必開口問，也知道他們是什麼關係。靖貴反而有點受傷，自己每天都和克也在一起，但之前完全沒有察覺這件事。

「從什麼時候開始……」

「暑假去參加活動的時候。她經常造訪我的部落格，而且我們住得很近，然後就越走越近……」

所以他們差不多從一個月前開始交往。雖然不知道他們是參加什麼「活動」認識，但八成是同人誌的展銷會。那個女生穿的是附近一所女校的制服，應該住在這附近。

女生滿面笑容抬頭看著克也，克也一臉得意地看著她。此刻的自己根本變成電燈泡。

「嗯，那我還有事，就先回家了。」

靖貴很識相地這麼說，那個女生驚訝地看著他說：

「咦……啊，這樣嗎？那我們下次再一起吃飯！」

靖貴知道對方在說客套話，但她看來是個不錯的女生。

他舉起一隻手，向他們揮了揮。走了幾步之後回頭看，發現他們牽著手，好像已經把他的事拋在腦後了。

搭長長的電扶梯走進驗票口，然後又走下階梯，終於來到東房線的月台。但下行的電車剛離開，月台上只有零星幾個人在等車。下一班電車要二十分鐘後才進站。這種日子真是諸事不順。

唉。他嘆著氣，回想起剛才的情景。克也和他的女朋友好像很恩愛，他們一定眼中只有對方。

克也人很好，很希望他能夠幸福，但在這麼想的同時，靖貴也有一絲不甘心的感覺。

他一直告訴自己，自己交不到女朋友是因為班上女生很少，而且別人覺得自己是宅男，但是不管是不是宅男，積極的人還是很有異性緣，就連頭號宅男克也都交到女朋友，顯然自己無論外表和內在都無法吸引人。

克也是考生，竟然還去參加活動。靖貴得知這件事很驚訝，但沒想到克也沒有放棄自己想做的事，充分樂在其中，而且還交到女朋友。自己整個夏天都在用功讀書，簡直太老實了，他越想越空虛。

雖然已經這麼用功了，但今天發了暑假結束後全校模擬考的成績，他的總成績排名後退二十名。之後那些退出運動社團的同學成績會追上來，就更不能大意了。這麼一想，內心就越來越焦急。

他又重重地嘆氣，看著腳下。雖然他在襯衫裡面加穿一件T恤，但穿短袖覺得有點冷。他「哈啾」一聲，打個噴嚏。

「飯島！」

就在這時，有人用力推著他後背上的背包。他踉蹌兩三步，衝到月台邊緣總算站穩了。

不要做這種危險的行為！他立刻轉過頭想要罵人，但看到站在那裡的人，驚訝取代了憤怒。

「你怎麼了？為什麼愁眉苦臉？沒事吧？」

北岡惠麻若無其事地問，然後抬頭看著靖貴，笑得很開心。不知道是否因為剛才差點失足墜落軌道，他的心跳加速，遲遲無法平靜。

「你這樣垂頭喪氣，越看越像宅男了。」

「呃……」

「既然你不是宅男，就要打起精神啊！」

北岡重新揹好書包，但沒有離開，站在靖貴身旁。她手上拿著裝了補習班講義的資料夾，她似乎一樣是剛從補習班下課。

她找自己有什麼事嗎？還有很多車門可以上車，根本不需要和自己站在一起。

靖貴不禁納悶，北岡又問他：

「飯島，你一個人嗎？齊藤呢？」

「……我們又不是整天都在一起。」

雖然靖貴嘴上這麼說，但原本今天的確打算和克也一起回家。問題是自己已經不是小孩子了，還被說成好像和克也是連體嬰，他覺得很不爽，沒好氣地這麼回答。

北岡不解地歪著頭問：

「是嗎？我剛才在PeRIe購物中心前看到一個很像是齊藤的人，你們是朋友，沒有一起回家嗎？」

……既然北岡已經看到克也，那就沒什麼好隱瞞了。靖貴不悅地說：

「他在和女朋友約會。」

「啊？」北岡驚叫，「真的嗎？齊藤有女朋友？」

靖貴覺得她誇張的驚訝態度似乎帶著「他這種人怎麼可能有女朋友？」的輕蔑態度，內心很不高興，但還是回答說：

「當然有啊，好像是……稻女的學生。」

雖然靖貴前一刻才知道這件事，卻說得好像很久之前就知道一樣。

北岡愣了一下後，抬頭看著靖貴呵呵一笑。

「喔……所以你被齊藤拋棄了。」

「哪有啊，這哪算什麼拋棄？」

「你不必逞強，是不是覺得齊藤被他女朋友搶走了，你覺得很寂寞？」

有一半被她說中了，靖貴無言以對，只能沉默不語。

北岡見狀，捧腹大笑起來。

電車從機廠駛進月台，車門在靖貴面前打開。

靖貴坐在十一人座的長椅角落，北岡理所當然地在他旁邊坐下。因為是起站，車上還有空位，但北岡似乎打算在靖貴下車之前，都和他坐在一起。

萬一被學校的人看到怎麼辦？雖然靖貴有點擔心，但環顧車廂內，沒有看到穿相同制服的人。

「飯島，你每個星期三去補習班上課嗎？」

「嗯。」

「只有星期三嗎？」

「……還有星期六。」

「你讀哪一家補習班？」

她的問題還真多。雖然靖貴這麼想，但還是說了「陽進」這所補習班的名字。

「這樣啊，難怪以前從來沒有遇到你。今天要買東西，所以我從東口進來搭車，我的補習班在西口那裡，所以平時都在那一側搭車。」

靖貴以前的確從來沒有在補習班下課後遇見過北岡，應該說，像她那種外型亮麗的女生乖乖讀補習班，認真讀書這件事令他意外（雖然他知道這是偏見）。

車門關上，電車緩緩啟動。靖貴看著霓虹燈的街道從車窗外飛馳而過，隨口附和著北岡說的話。

過了停靠的第一個車站時，北岡突然輕輕「啊！」了一聲。她似乎想起什麼事。

「飯島，你打算買手機了嗎？」

北岡突然提到之前來家裡時提到的事，靖貴有點手足無措。

觀察她在學校的態度，靖貴以為她打算忘了那天的事，沒想到並不是這樣。

雖然完全不瞭解她的意圖，但還是用輕鬆的態度回答她的問題。

「不可能這麼快就改變想法。」

「啊？你趕快去買啊。如果你有什麼不懂的地方，我可以傳訊息教你。」

她竟然強力推薦，但即使真的買了，她應該也不會傳任何訊息……

她為什麼非要自己買手機不可？他終於忍不住說出了內心的疑問。

「北岡……妳家裡有人在電信公司上班嗎？」

「啊？嗯……我姊姊在Soft Bank的關係企業上班，但和這件事沒有關係啊。」

果然是這樣。他失望地嘆著氣。八成是拉到多少新客戶，會對年終獎金產生影響。

北岡啞然無言地看著他。靖貴看到她的表情，決定改變話題，於是就問了剛好看到的事。

「對了，妳暑假之後的髮型變了。」

雖然他覺得自己轉得很硬，沒想到北岡突然欣喜地說：

「嗯，對啊對啊，你發現了？」

怎麼可能沒發現……他在內心吐槽，但並沒有說出來。

「為什麼突然想要換造型？」

她一直都是淺色鬈髮，是有什麼原因導致她想要換髮型嗎？北岡聽了他的問題，有點靦腆地摸著煥然一新的深棕色筆直頭髮。

「不是啦……就是、我想增加異性緣。」

妳在說什麼屁話？靖貴不禁又想吐槽她。男生的確更喜歡她目前這種文靜的髮型，但之前男生就都公認「北岡很可愛」，她還要增加異性緣，到底想怎麼樣？這個女生也未免太貪心了。從來不曾有過異性緣的靖貴不由得有點嫉妒。

「你覺得這個髮型怎麼樣？」

北岡徵求他的意見，靖貴用冷淡的語氣回答說：

「應該還不錯吧，妳周圍的人不是都這麼說嗎？」

北岡表情頓時凝結。

「呃呃……是啊……」

北岡嘀咕後，沉默片刻。電車抵達轉乘車站，很多乘客上車，周圍變得有點吵鬧。電車出發後，兩個人再度沉默。

她到底在想什麼？靖貴悄悄瞄著北岡的側臉。看到她漂亮的眉毛和一雙大眼睛時，想到了之前想要告訴她的事。

「對了。」

「什麼？」

北岡轉過頭，看到她很有女人味的端正臉龐中帶著一絲憂鬱，靖貴更加確信自己的感覺。

「我上次查了一下艾曼紐．琵雅。」

「啊？真的嗎？」

靖貴用力點頭。那天聽了之後，很好奇成為她名字由來的女明星到底有多漂亮，於是回家立刻上網搜尋。

「結果怎麼樣？」

沒想到北岡立刻很有興趣，靖貴看著自己的腳，回想起那個女明星的長相回答說：

「她現在也很漂亮，但以前超正。她演天使的角色時，簡直美得令人難以置信，根本就是為她量身打造的角色。」

網路上有琵雅主演的那部電影的預告片，他看了一下。因為都說英文，看不太懂內容，但無論長相和存在感，都可以說是女神等級。

「是喔。」

北岡意興闌珊地回答，靖貴又幽幽地補充一句：

「北岡，我總覺得妳很像她。」

他感覺到身旁的北岡肩膀抖了一下。

「怎麼了？」

「……飯島，你臉不紅，氣不喘地說這種話耶。」

這種話是哪種話？靖貴完全不知道答案，歪著頭納悶。

「有沒有人說你是天然呆或是很白目？」

北岡紅著臉責備他，但他完全不知道北岡為什麼這麼說自己，只是簡短答了一句：「並沒有。」

星期六上午。惠麻睡到自然醒，比平時晚起床。洗完臉，吃了早午餐後，穿著睡衣，坐在客廳沙發上。

她打開電視，操作遙控器，搜尋硬碟中的內容。姊姊喜歡看外國片，裡面應該存了很多部電影。只能趁現在全家人都出門的時候，才能放下功課偷看影片。

「啊，找到了。」

她找到了想看的那部影片。按下播放，在開場戲結束時，忍不住噗哧一聲笑起來。

「什麼跟什麼啊。」

電視螢幕上播放的是艾曼紐・琵雅主演的《天使之約》。這是艾曼紐・琵雅的代表作之一，所以惠麻知道這部電影，只是之前從來沒有認真看過。上次補習班放學回家，和班上的男生聊天時聊到這部電影，她才終於想看一下。

這部電影描寫的是一個平庸的男人和從天而降的天使之間的愛情故事。那個天使就是天仙等級的超級大正妹，所以周圍的人被她迷得神魂顛倒，也有人別有用心，想靠她大撈一票，平庸男人的未婚妻又打翻醋罈子，引起軒然大波……反正就是這種很有八〇年代味道的輕喜劇，既無法帶來深刻的感動，更沒有任何有助於改變人生的深奧哲理，但扮演天使的琵雅無論外型還是舉手投足都很迷人，就連惠麻這個女生都不禁愛上她。

他說我和她很像，未免太誇張了。

雖然他在這句話前面加了「總覺得」這三個字，但還是很誇張。他的視力真的有問題，眼鏡的度數對嗎？真有點懷疑他認人的能力是不是有問題。

而且在說這句話之前，還大肆稱讚「美得令人難以置信」和「天使根本就是為她量身打造的角色」——

惠麻想起這件事，再度害羞，忍不住捶著放在腿上的抱枕。內部填充發泡粒的卡通人物泡泡先生抱枕被她捶得歪七扭八，但即使用力捶了好幾拳，臉頰仍然很燙，她把整張臉都埋進泡泡先生的身體。

「……搞什麼嘛！白痴！」

她想起班上那個不起眼的男生，不禁咒罵。他平時看起來對女生完全沒有興趣，說這種話到底有什麼意圖？

自己換了髮型，他完全不在意，說什麼『妳周圍的人不是都這麼說嗎？』這根本不是自己想聽的話。之前完全沒有想過要增加異性緣這種事，但覺得「也許像飯島那種類型的人，會覺得直髮的女生比較容易親近」，才特地換了髮型。話說回來，他注意到自己換了髮型，或許就該偷笑了。真搞不懂那種人有怎樣的審美觀。

買手機的事也是，明明和姊姊的工作完全沒有關係，只是覺得有手機很方便，他想到哪裡去了？難道是不喜歡別人一直催他去買手機嗎？

「這個人真的超莫名其妙……」

她嘀咕的聲音被吸進發泡粒。之前在暑假時，他推著腳踏車說「我不像妳這麼可愛」，然後這次又說「我覺得妳們很像」，似乎自己勉強能夠擠進他認為的「可愛」範圍內……問題是他好像刻意和自己保持距離，太令人難以理解。至少自己聽了他說的那些話，內心很不平靜。竟然被他說的話撩撥得六神無主，整天東想西想，煩惱不已，越想越有點不甘心。

她把臉埋進抱枕，躺在沙發上翻身，原本放在口袋裡的手機咚地一聲掉在地上。

她慌忙撿起手機開始滑。只要遇到任何不瞭解的問題，幾乎都會上網查，但她知道，無論再怎麼查，都無法查到自己目前最想知道的事的答案。

……無法和其他人一樣，只要在手機上打字就能夠相互聯絡，但經過上次之後，她已經知道怎樣才能和他單獨聊天。

而且在那裡和他聊天，不會被人傳八卦，還有「小約會」的感覺。

她將視線移向電視螢幕，發現《天使之約》已經進入大團圓的結局。男人從死亡深淵中活過來，天使獲得重生，變成人類，有情人終成眷屬，歡樂的結局簡直讓人發笑。雖然整個故事荒誕無稽，但偶爾看這種電影也不錯（……的感覺）。

型男

被克也拋棄的隔週，靖貴在補習班放學後，獨自寂寞地站在千葉車站的東房線月台上時，北岡又出現了。

「喂～雖然這不是重要的事，但你今天早上的頭髮超翹，你都沒照鏡子嗎？」

靖貴還在思考藉口，電車就進站了，最後他們一起搭電車回家。

又隔一個星期，靖貴走進驗票口，就聽到有人叫他「飯島」。他回頭一看，果然又是北岡，她跟著自己一起搭上電車，然後在回家的路上有一搭沒一搭地聊著天。

（太奇怪了……）

雖然俗話說「有一有二必有三」，但這真的只是巧合嗎？下行電車的班次的確不多，可是以前從補習班放學回家時，從來都不曾遇見過她，最近卻三番兩次遇到，實在很不尋常。

不知不覺邁入換季的第四週。這一天補習班沒有準時下課，而且拖了很久，很擔心連比平時搭的電車更晚一班的電車也搭不到。

他快步走進驗票口，三步併作兩步衝下階梯前往月台，但他走到一半時，就聽到轟隆轟隆的聲音無情地響起。他似乎只差一點就趕上了。

算了。他帶著近似徒勞的心情走完剩下的階梯，結果看到一個身穿熟悉制服的女生坐在樓梯下方的長椅上。

她一頭飄逸的頭髮，穿著短裙。是北岡。電車剛離開，但她從容不迫地坐在那裡滑手機，看起來不像是沒有趕上剛才那班電車，好像已經坐在那裡很久了。

靖貴不禁猜想，她該不會在等自己？這麼一想，就認為這是唯一的可能，於是就鼓起勇氣，對著正低頭滑手機的北岡叫了一聲：

「北岡。」

北岡轉頭看著他。北岡在看到他的瞬間，眼睛似乎微微瞇了起來。

（啊……）

他感到胸口刺痛，隨即心跳加速，沒來由地覺得呼吸急促。

他聽到對面月台的廣播，轉頭看向那裡，當他再次回頭看向北岡時，她恢復了平時的撲克臉。

（是我想太多了……）

剛才覺得她看到自己時，露出一絲微笑，但可能只是看錯了。

「……怎麼這麼晚？」

北岡不滿地說。她毫不客氣的聲音中完全感受不到絲毫的體諒，靖貴聽到她的聲音，剛才的心慌意亂立刻消失。

「啊，因為老師晚下課……」

他的話還沒說完，北岡就指著自己坐的長椅書包旁的位置說：「先坐吧。」然後又低頭滑手機。

靖貴在長椅上坐下，看著一直盯著手機螢幕的北岡。

……既然她問自己為什麼這麼晚，是否代表她真的在等自己？但果真如此的話，她的態度並不像歡迎自己，而且可能剛才開走的那班電車太擠了，所以她才沒有搭車，也不能排除她剛才正在講電話，沒辦法搭上電車的可能性。實在搞不懂她的行為，思考這種事只是浪費自己的腦細胞。

靖貴嘆著氣，看著半空，但隨即低下頭，看著腳上帆布鞋的鞋尖。

之前借給北岡的All Star鞋跟磨損得很嚴重，差不多該壽終正寢了。

不一會兒，下行電車進站。車門附近剛好有兩個空位，靖貴和北岡一起坐下，但他們仍然沒有說話。真搞不懂她為什麼和自己一起回家。

即使北岡坐在靖貴身旁，也像以前一樣常常滑手機，十分鐘的時間內，最多只會聊兩三分鐘。

她一定覺得補習班下課後，一個人回家很寂寞。這種類型的女生都不喜歡單獨行動，所以即使是自己這個平時很少聊天的同班同學也聊勝於無。八成就是這樣。靖貴得出這樣的結論。

過了兩站之後，北岡終於把手上的東西放進皮包，開始和靖貴聊天。

「對了，後天就要球類比賽了。」

對喔，的確有這件事。靖貴也想起這件事。

靖貴就讀的高中為了「避免影響學生課業」，所以都在五月舉辦運動會，在「運動之秋」的十月時，會舉辦球類比賽。最大的理由是因為和運動會相比，球類比賽不需要做太多準備。由於是班級和班級之間進行比賽，不少學生摩拳擦掌、躍躍欲試。

不同學年的比賽項目不同，今年三年級男生比賽足球，女生比賽排球。

「飯島，你是A隊還是B隊？」

「B隊。」

靖貴和北岡的三年F班有很多男生，組成兩隊。為了能夠獲勝，運動能力強的人都分在A隊，靖貴和其他人參加的B隊都是弱雞。

北岡懶洋洋地問：

「B隊嗎？你的運動能力果然很差嗎？」

什麼叫果然很差？雖然靖貴這麼想，但還是淡淡地回答說：

「不，沒那麼差……但球技的確不行。」

靖貴初中時曾經參加田徑社，而且成績還不錯，實際上沒有外表看起來這麼遲鈍，只是這種事並不值得吹噓，所以他就沒有說。

「女生只有一隊，你有空的時候要來為我們加油。」

「為什麼？」

北岡聽了靖貴的反問，驚訝地瞪大眼睛說：

「沒為什麼啊，既然是同學，那不是理所當然的嗎？而且你太不關心女生了。」

聽到北岡一廂情願地說什麼「理所當然」，他很火大，忍不住想反問，那妳們女生會在我們B隊比賽的時候來為我們加油嗎？

「雖然妳這麼說，但即使我去加油，妳們女生也不會高興。」

靖貴不禁這麼說。他和女生之間沒有什麼交情，即使去看她們比賽，無論她們是輸是贏，自己根本都無所謂。對女生來說，自己這種普男表現出一副和她們很熟的樣子，她們會很傻眼吧。既然這樣，還不如在教室內和其他人聊天，或是玩遊戲打發時間，這樣皆大歡喜。

原本就一臉不悅的北岡更用力皺起眉頭否定說：

「沒這回事！只是你自己拒人千里，如果可以，我們也想和你當朋友啊。」

「啊？是嗎？」

「是啊，從來沒有聊過天，彼此當然不可能瞭解。你平時在教室時，不要整天和男生在一起，否則女生會猜想你該不會討厭女生？女生也不敢主動採取什麼行動。」

靖貴覺得這番言論雖然意外，但很有道理，而且一針見血。北岡的確曾經在一年級剛開學時，做出不友善的舉動，但反過來說，這是讓自己對她敬而遠之的唯一理由。至今已經過兩年多，靖貴覺得也許必須改正對她的認識。

但是，女生都很團結，稍有不慎……靖貴這麼一想，又不禁畏縮起來。北岡用力拍著他的手背說：

「反正你要多和女生當朋友，所以後天一定要來看我們比賽！」

靖貴覺得手背很痛，很擔心她會有更激烈的行為，只能回答說：「好吧。」

今天要舉辦球類比賽，是個秋高氣爽的好天氣。波狀雲點綴著藍天，涼風習習，舒適宜人，是運動的絕佳好日子。

全校學生在操場上舉行球類比賽開幕式後，就分成立刻上場比賽組、加油組和回教室待命組，然後三三兩兩散開。

靖貴參加的三年F班B組抽到在開幕式後的第一場比賽，因此就留在操場上，準備進行足球比賽。對戰對手R班是全校最聰明學生聚集的數理班男生。因為時間的關係，不分上半場和下半場，比賽四十分鐘。沒想到「弱雞」的B隊也驍勇善戰，最後以二比一的一分之差，險勝R班（但其實R班有不少運動能力不錯的學生，也許是對方故意放水。靖貴猜想他們可能「想趕快回教室溫習功課」，所以草草結束比賽）。

「克也，我去小七一下。」

比賽結束後，靖貴精疲力盡地對克也說。雖然他幾乎沒碰到球，但一直都在操場上跑來跑去，運動衣內都濕透了。他想趕快喝冷飲，所以決定去學校附近的便利商店。

「好啊。」克也揮揮手，目送靖貴離開。靖貴獨自走去便利商店，經過體育館前，聽到那裡傳來女生的歡呼聲。他想起二年級男生的籃球比賽和三年級女生的排球比賽都在體育館內舉行。

不知道我們班的女生什麼時候開始比賽。靖貴突然思考著這個問題。前天補習班放學回家時，北岡斥責他「一定要來看我們比賽」，雖然他沒有那麼在意這句話，但仍不希望她日後說自己「言而無信」。

……買完飲料回來之後，就假裝去找人，去體育館看一下。靖貴心血來潮地這麼想。

學校後門旁的便利商店內有好幾個穿著運動服的學生。雖然學校規定，上課時間內禁止外出，但學生並不會明目張膽地溜出去，老師便睜一眼，閉一眼。

靖貴站在冰櫃前，為「到底要選五百毫升七十圓，還是一千毫升一百一十圓」的盒裝茶煩惱時，有三個男生來到旁邊放飯糰的地方。

他們也穿著和自己相同的綠色運動衣，所以是同一所學校的三年級學生，但靖貴不知道他們叫什麼名字。三個人都留著長髮，抹了髮蠟，而且身高差不多，靖貴差一點覺得「他們是三胞胎？」

「啊，有訊息。」

「誰傳的？」

「茉理，她說『第一場比賽就輸了』。」

三個男生哈哈大笑起來。那個「茉理」應該是他們其中一人的女朋友。距離很近，就算不必豎起耳朵，也可以聽到他們聊天的內容。

不一會兒，這三個人聊到其中一個叫「小拓」的人沒有女朋友這件事。靖貴把他們的聲音當作背景音樂，決定「還是花一百一十圓買一千毫升的茶，剩下的給克也喝就好」，然後伸手準備拿大盒的茶。

「小拓，那你覺得惠麻怎麼樣？」

耳邊傳來這句意想不到的話，靖貴的手停在那裡。

……他們該不會是說北岡？

三個人完全沒有察覺靖貴對他們的談話好奇，繼續討論著。

「喔，你是說F班的那個女生嗎？」

「對啊，聽說她目前單身。」

「嗯，她的長相是我喜歡的類型。」

「我就知道。」其中一人得意地說，「而且她最近的髮型也很讚。」

聽了他們的討論，靖貴確定他們討論的對象就是北岡。

雖然不知道這三個人和北岡有多熟，但正因為她很引人注目，所以很容易成為男生討論的話題。美女果然不一樣。靖貴忍不住佩服，但那個沒有女朋友的「阿拓」發出了不滿的聲音。

「啊！但她不是木村的二手貨嗎？」

靖貴的後背不禁僵在那裡。木村是隔壁班長相很英俊的型男，這個學年開學初期，經常看到他和北岡在一起，他們果然是男女朋友嗎？

靖貴覺得坐立難安，呼吸變得有點急促。他不知道自己為什麼會有這種感受，而且完全不想聽這種事，但他無法離開那裡。

另外兩個人揶揄說：

「這有什麼關係？她很可愛啊，胸部又很大，根本是女神等級。」

「小拓真的只愛新貨。」

一下子說二手貨，一下子又說什麼新貨……女生可不是商品。雖然靖貴知道那只是男生在嘴賤自嗨，但這種完全無視對方人格的言論，讓他忍不住怒火攻心。

而且他們一看就知道有同學年的同學在旁邊，卻大剌剌地繼續聊這種不入流的話題，簡直太莫名其妙。如果自己把他們說的話告訴女生，他們打算怎麼處理。

但是……他們應該知道，靖貴是個膽小鬼，既沒有勇氣上前要求他們「閉嘴！」而且也不可能和北岡等其他亮麗的女生很要好。

他覺得自己很沒出息，不禁咬緊牙關，但他還是無可奈何。因為一直以來，他只培養了不發一語，假裝沒有聽到他們說話，捱過眼前尷尬場面的能力。即使內心天人交戰，在人生中向來只是配角的靖貴還沒學會把事情鬧大的方法。

「如果只是打一次砲倒是沒問題，當女朋友就有點……」

「一次的話，就沒問題嗎？」

三個人你一言，我一語地聊著天，走出便利商店。仍然留在店內的靖貴無力地拿著紙盒裝的茶，結完帳，搖搖晃晃走出便利商店。

他又經過體育館前，但剛才聽到的那句「木村的二手貨」這句話一直盤旋在腦海。最後他走過體育館前，走向教室的方向。

在下一場比賽之前，他和克也，還有二年級時的好朋友在其他教室內聊天打發時間。雖然去看了A隊的比賽，他們似乎贏得很輕鬆，於是看了一半就離開了。

第二場比賽是半準決賽，也是上午的最後一場比賽。對方是G班的A隊，是最有希望奪冠的隊伍。

時間一到，他就和其他人一起在操場上集合。戴上發下來的背號後，開始做伸展操暖身。

「如果贏了這場比賽，搞不好會變成同班的兩支隊伍進行決賽。」

在A隊中當守門員的內田無憂無慮地說。在之前集訓時同寢室的內田很人來瘋，他說「大家都是同學嘛」，於是帶了班上的其他同學來為B隊加油。

「好好加油！」內田激勵道，靖貴和其他隊員在場上排隊。對面的G班A隊個個身材都很強壯，而且看起來很靈活，B隊的人幾乎都是矮胖身材，兩隊簡直差太遠了。

靖貴站在隊伍的最後方，站在他面前的是木村晉……就是北岡的前男友。

木村比不到一百七十公分的靖貴足足高十公分，眼睛大，嘴巴很大，鼻子很挺，屬於五官很明顯的長相。頭髮有點長，髮梢微微上翹。長相抱歉的人留這種髮型會變得很滑稽，但他外表很狂野有型。再加上他手長腳長，明明穿著相同的運動服，穿在他身上就感覺比較高級。

他抬頭瞥了一眼木村。當四目相對時，木村落落大方地對他笑了笑。

（可惡，他也太帥了……）

雖然自己是男生，但靖貴不得不承認這件事。雖然不瞭解木村的內在，但他端正俊秀的外貌可說是全年級男生中第一帥。剛才那三個男生加起來的存在感也比不上木村……自己當然更加無法相提並論。

「嗶！」鳴笛聲後立刻開球。負責中場的靖貴看著足球的去向，跑向偌大的操場，似乎想要擺脫內心的鬱悶。

比賽開始五分鐘左右，G班就搶先得分，靖貴和其他隊友之後遲遲無法扳回劣勢。

雖然勉強阻止對方繼續得分，但照此下去顯然敗局已定。

「加油！」

「機會來了！趕快抄過去！」

場上響起內田和其他同學的加油聲。無論如何，都希望可以追成平分，但球門簡直就像遠在天邊。

比賽已經進行超過三十分鐘，剩下的時間越來越少。

就在這時——

（啊！）

雙方人馬在我方球門前爭奪的足球落到獨自站在外圍的靖貴面前。

他想傳球，但隊友並不在理想的位置上，於是他獨自笨拙地運球，向對方的球門前進。

「飯島！」

聽到叫聲，靖貴看向前方，發現隊友中很會踢足球的同學已經跑到球門附近。

只要把球傳給他，或許可以得分。靖貴這麼想著，抬起右腳打算踢球。

好像有一陣風吹過，他的眼前頓時變暗，只看到對方的白色背號「10」的數字一閃而過。當他回過神時，腳下的球已經不見，抬起的腳踢空。

球被搶走了。簡直輕而易舉。他急忙轉過頭，背號「10」的木村踢出一個高球，傳給自己的隊友，發出輕快的聲音。

靖貴目瞪口呆，聽到「哇！」的歡呼聲。前一刻還在自己腳下的足球正被吸入遠處的白色球網。得分。幾秒之前，還認為「有機會追平得分」的狀況如同船過水無痕般消失不見。

最後，F班B隊以二比零輸了比賽。原本就不認為可以獲勝，但他還是懊惱不已。

為什麼？是因為一度很有希望嗎？只差臨門一腳，卻半路殺出個程咬金。他想起了輕而易舉攔截自己使出渾身解數傳球的敵隊選手。

（木村……）

木村不僅外型帥氣，個性豪爽，運動能力很強，太犯規了，和乏善可陳的自己簡直有天壤之別。俗話說什麼人無完人，根本是胡說八道。他甚至開始遷怒神明。

話說回來，之前就知道木村這個人，自己對球類比賽沒有那麼熱衷，為什麼現在對他產生反感？靖貴有點搞不懂自己。

靖貴走去操場角落的飲水處，試圖冷靜下來。洗一下臉會舒服些，心情可能會好一點。

除了足球以外，一年級男生的戶外排球和二年級女生的壘球也在操場上進行比賽。

靖貴走過正在進行戶外排球比賽的場地，兩個身穿紫色運動衣的一年級女生正在不遠處聲援班上的男生。這兩個女生看起來很純樸，但靖貴不禁酸溜溜地想「她們也只會聲援帥哥」。

他想著這件事，不經意地抬起頭時，看到藍天中有一個白點在發光。

白點越來越大。是壘球。有人打了一個超級界外球。靖貴身旁那兩個女生完全沒有發現。慘了。那顆球會打中她們——

「危險！」

靖貴把那兩個女生推開的瞬間，就感受到後腦勺承受強烈的衝擊。他無力地癱軟在地上。太扯了。因為想要救那兩個女生，結果自己的腦袋被球打中了。

「你沒事吧！？」

雖然聽到女生問話的聲音，但他雙腳無力。

周圍的人可能察覺到靖貴的樣子很不尋常，紛紛聚集過來。靖貴很想趕快站起來，告訴大家自己沒事，但他頭暈目眩，倒在地上。周圍頓時響起一陣驚叫聲。

「怎麼辦？要叫救護車嗎？」

「要先去通知老師——」

雖然靖貴聽到周圍人討論的聲音，但他的眼鏡不見了，眼前一片模糊。可能是剛才被球打中時，把眼鏡也打掉。不一會兒，他發現有一個身穿和自己相同綠色運動服的男生從人群後方走過來。

「你們不是還在比賽嗎？我帶他去保健室。」

那個男生把靖貴扶起來，對靖貴說聲：「你抓住我。」然後揹著他邁開步伐。

「飯島，你沒事吧？」

靖貴抓著他寬闊的後背，在昏昏沉沉中想道。

（這個聲音，該不會——）

他該不會是隔壁班的木村？

「……哈囉、哈囉。」

靖貴被人搖晃著。陌生的白色床單和白色枕頭。他看不清楚叫他的人，但看起來像是中年女人。

他坐了起來，那個女人用緩慢的語氣對他說：

「保健室要鎖門了，你覺得怎麼樣？」

……他立刻知道，這裡是保健室的床，眼前的女人是保健室的保健老師。

「是，我沒事……」

靖貴在回答時，想起了自己被界外球打到，倒在地上，以及隔壁班的木村把他揹來這裡的事。保健老師說他可能有輕微腦震盪，為了安全起見，要他休息一下，於是他就躺在保健室的床上。

夕陽從窗戶照進來。平時因為用功讀書導致睡眠不足，再加上球類比賽在操場上跑來跑去，所以剛才睡得很熟。

保健老師鬆口氣，叮嚀他：「如果想要嘔吐，記得星期一去醫院檢查一下。」靖貴猜想自己應該沒事，但還是很聽話地點點頭說：「我知道了。」

靖貴在枕邊找眼鏡，但沒有找到。他在昏倒的時候眼鏡掉了，但那副眼鏡不是什麼高級貨，沒有人會偷。

也許有人撿到了，送去教室。靖貴打起精神下床，鞠躬道謝後，走出保健室。

雖然看不太清楚，但他憑著直覺走上樓梯，走回自己的教室。

球類比賽似乎早就結束，校舍內沒什麼人，只有社團活動的吆喝聲和吹奏樂社的練習聲響在走廊和教室迴響。

走進三年F班的教室，黑板上大大地寫著「太棒了！男生A隊勇奪冠軍」，周圍寫滿了留言和畫的圖。

（原來贏了……）

打敗自己B隊的G班並沒有獲得冠軍，A隊可能打敗G隊，報了一箭之仇。雖然他知道這麼想很小心眼，但還是鬆了一口氣。

他走去窗邊的自己座位，桌上放著他當書包使用的背包，背包上有一張紙。

『阿靖，你的身體沒問題吧？我去參加慶功會，有事打電話給我。』

他把紙拿到鼻子前，看清楚紙上寫的內容。那是克也的字。

從太陽的角度，猜想目前應該是下午四點左右。球類比賽應該兩點多就結束，就算現在趕去參加慶功會，仍有點晚了。

問題是眼鏡去了哪裡？靖貴在課桌上摸索，完全沒有摸到。他正不知所措，耳邊響起一個熟悉的聲音。

「飯島。」

他轉頭看向聲音傳來的方向，看到一名身穿制服的女生從教室門口附近，搖著一頭長髮向他走來。

噗通噗通。他的心跳加速。那個女生在他面前停下後，突然抓住他的右手。隨著喀答的輕微聲音，女生把什麼東西塞到他的手上。

「眼鏡……晉要我轉交給你。」

靖貴慌忙把手上的眼鏡戴上，北岡惠麻出現在他焦點還無法聚焦的視野中，板著臉看著他。

（呃……）

她口中的晉，應該就是木村吧？靖貴愣在原地，北岡把右手上的白色塑膠袋重重地放在他的課桌上。

「還有這個。你還沒有吃午飯吧？這個給你。」

靖貴回過神，拿起塑膠袋，發現裡面是紙盒裝的蘋果汁和兩個麵包。

如果拒絕會浪費麵包。而且他真的餓了，於是就收下。

「謝、謝謝妳，多少錢？」

他在背包裡翻找皮夾時問，北岡小聲回答說：

「……我忘了。」

「只要算一下就知道了。差不多三百圓左右？」

「不用了……而且之前在集訓時欠了你人情，所以請你吃。」

……那時候欠的人情，不是早就還了嗎？再者靖貴覺得自己造成她的困擾。但靖貴覺得如果硬塞錢給她，她可能會更不高興，便沒有繼續堅持，陷入沉默。

他原本想換下運動服穿制服，又不能在她面前換衣服，所以就坐在椅子上，吃起她買的麵包。北岡沒有離開，坐在靖貴前面的座位，然後轉過身體。

她留在這裡應該有什麼事，但她托著腮，什麼話都沒說。這樣面對面很尷尬，靖貴坐立難安，忍不住開口。

「慶功會呢？已經結束了嗎？」

「……還沒有，我偷溜出來了。」

「呃，這樣啊。不好意思。」

「沒關係，就在附近的六道木，而且我要去升學諮詢室，所以你不必放在心上。」

北岡板著臉說。六道木是一家平價家庭餐廳，從學校走去那裡大約十分鐘左右。學校舉辦活動或是考試結束後，學生都會去那裡，所以靖貴剛才就猜想是在那裡舉辦慶功會。

只不過去了餐廳又回來，需要花不少時間。雖然她說要去升學諮詢室，但不知道是為了減輕自己的心理負擔，故意這麼說，還是真的只是順道來教室找自己？

靖貴抬起頭，看到黑板上寫的「男生A隊勇奪冠軍」這幾個字。男生的另一支隊伍表現似乎很出色，但沒有提到女生隊的情況。

「對了，女子排球的比賽結果如何？」

靖貴問，北岡立刻回答說：

「雖然進入準決賽，但最後輸了。」

「喔……這樣啊。」

太可惜了。他還來不及說這句安慰的話，北岡就補充說：

「都怪你沒有來。」

北岡一雙大眼睛瞪著他。但是靖貴覺得女生隊不可能因為自己沒有去加油就士氣低落。

雖然知道她在開玩笑，不過自己沒有守約也是事實。

「……真的很抱歉，雖然我原本打算去替妳們加油。」

他坦誠地道歉，北岡似乎滿意了，鬆開緊鎖的眉頭，用稍微平靜些的聲音說：

「這是不得已的，你受傷了嘛。」

雖然的確不得已，但如果自己早一點看到那顆球，就不會受傷了。

話說回來，當時實在太糗了。相較之下，瀟灑現身，揹自己去保健室的那個男生——

「……眼鏡是木村撿到的嗎？」

靖貴猜想木村應該在揹自己時，發現掉在地上的眼鏡，然後就撿起來放進口袋，忘了交還給自己。

他在感謝木村的同時，內心不是滋味。北岡完全沒有察覺靖貴的這種心情，一派輕鬆地說：

「嗯，他也和同學去六道木。坐得很遠，起初完全沒有發現。在走廊上遇到時，才拿給我說：『這是妳班上同學的。』」

北岡說話時大幅省略了代名詞，所以不太清楚她在說誰，但靖貴猜想應該是她去餐廳參加慶功會時，木村也剛好和同學去那裡，北岡起身離席時，剛好遇到他，於是他就把眼鏡交給北岡。

雖然她已經和「晉」分手了，但仍然用這種親暱的方式叫他。靖貴對這件事難以釋懷。也許她仍然對木村餘情未了……

（不過，這和我沒有關係。）

他慌忙甩開這些想法，大口咬著第二個麵包。靖貴感覺到北岡盯著自己的額頭，這時，她好像突然想起什麼似地問：

「聽說那顆球打中你的腦袋？」

「嗯。」他點點頭，坐在他面前的女生突然樂不可支地笑了起來。

「太好笑了，晉說你『看起來簡直就像是自己衝過去被球K中。』你為什麼沒有閃開？」

「因為剛好有女生在那裡……」

靖貴為自己辯解，北岡難以置信地提高音量說：

「真的嗎？但你可以和女生一起閃避啊，我實在很難相信。」

她說得太過分了，靖貴不禁有點生氣。他很希望自己的反應可以更加靈敏，而且事實也是如此，但無論如何，自己是為了救人，局外人沒理由這樣嘲笑自己。

而且她說得好像木村在嘲笑自己，但木村應該沒有這個意思，只是客觀地陳述事實。雖然靖貴只是在木村揹自己的時候稍微聊了幾句，但已經充分瞭解木村並不是這麼膚淺的人。

也就是說，他是優秀的人。不光是外表，內在也是……

「木村真的很帥。」

他內心忍不住有點嫉妒木村。他對自己的小心眼有點不知所措。北岡還是沒有察覺靖貴內心的想法，輕鬆地回答說：

「嗯？是啊，他的外表的確不錯。」

……北岡的乾脆爽朗反而讓靖貴不愉快。既然他們分手了，北岡應該瞭解木村的缺點，卻仍然稱讚他。靖貴百思不得其解。

她現在到底是怎樣的心境？靖貴完全猜不透，終於忍不住問：

「北岡，我問妳。」

「什麼？」

「妳為什麼會和木村分手？」

北岡聽了靖貴的問題，瞪大眼睛。

「什麼？」

靖貴看到她的反應，不知所措。她用力皺著眉頭，不悅地說：

「哪有分手這種事？我們根本沒有交往過。」

「什麼？」

靖貴發出奇怪的聲音。聽到北岡震撼的回答，他難掩混亂地問：

「是嗎？」

「對啊，有什麼證據顯示我們曾經交往嗎？」

「今年年初，還看到你們經常在一起。」

「不能因為我們常在一起，就認為我們在交往。唉，宅男真是太傷腦筋了。」

「但是……」

從二年級的學期末，到三年級的期中考結束期間，靖貴好幾次看到他們在課間休息和放學時親密地聊天。

正因如此，所以一直以為他們在交往，而且並不是只有自己這麼想，剛才在便利商店遇到的那三個人也一樣。只要認識他們的人，應該都這麼認為。

北岡一臉不耐煩地向目瞪口呆的靖貴說明：

「他……我是說晉的媽媽和我媽媽是高中同學，而且很要好，小時候住得很近，經常相互串門子。」

「這不就是青梅竹馬嗎？那不是戀愛萌芽的經典模式嗎？」

雖然靖貴不是很懂，但克也曾經口沫橫飛地向他說明「青梅竹馬的設定在輕小說和十八禁遊戲中的重要性」。靖貴不知道現實的情況如何，但如果身邊有這種外表出色的男生，（照理說）應該會不知不覺愛上他。

「唉……事情不是你想的這樣！」

北岡不耐煩地大聲說道。她為什麼這麼不高興？

靖貴只能傻傻地看著她，她用力嘆氣後嘀咕說：

「他喜歡的不是我，而是我姊姊。」

什麼？他差點脫口表示驚訝，慌忙閉上嘴，繼續等待北岡的下文。她好像潰堤般開始說：

「他小時候就很喜歡我姊姊，整天叫著『理彩、理彩』……今年似乎熱情重燃，整天問我『理彩最近在做什麼？』他似乎對經常有女生對他示好很頭痛，所以即使有人問他是不是在和北岡交往，他向來都不否認。」

「對經常有女生對他示好覺得很頭痛」這種煩惱太令人羨慕了，但他這麼帥，的確會有很多女生喜歡他。與其整天拒絕女生，還不如假裝已經有女朋友比較省心，也可以減少對彼此的傷害。

（但是……）

靖貴心情有點鬱悶，北岡完全沒有察覺，繼續說下去。

「他在暑假之前突然對我姊姊展開攻勢，那次之後，他就變得很安分，不再來找我了。」

「所以……」

「我不知道，應該進展順利吧。」

北岡冷冷地總結說，似乎表示這件事並不重要，和她沒有關係。

事態的發展出乎意料，靖貴一時難以理解。雖然他不知道北岡的姊姊是怎樣的女生，但既然能夠讓木村這麼迷戀，想必不是普通的女生，而且他們發展順利，當然就更不關自己的事。

但是聽到北岡剛才說明的情況，覺得最倒楣的就是北岡。木村為了自己利用了北岡，導致她因此被貼上「木村的二手貨」這種標籤。

北岡因此受到很大影響，她不是那種逆來順受的老實人，願意默默承受這種事，所以該不會……靖貴雖然遲鈍，但也不禁這麼想。

「那妳呢？妳不喜歡木村嗎？」

難道不是因為喜歡木村，所以才覺得「只要能夠和他在一起就好」，或是「希望能夠幫上他的忙」嗎？果真如此的話，北岡未免太可憐了。

「嗯……」北岡想了一下，但隨即露出凶巴巴的表情問：

「你為什麼要問這種事？」

靖貴無言以對。說起來，他純粹是基於好奇心，所以才想瞭解北岡的真心。自己得寸進尺，問了奇怪的問題。自己是根本無關的局外人，卻想要試探她的內心，簡直太多管閒事了。

北岡以可疑的眼神看著他，他愣在那裡。北岡低下頭，費力地擠出顫抖的聲音說：

「反正我和他完全不是這種關係，我也沒這種想法。這種胡亂猜測讓我超困擾。」

「呃……對不起……」

靖貴小聲道歉，北岡充耳不聞，完全無視他的反應，從制服口袋裡拿出手機，單手操作後，看著螢幕上的字嘀咕說：

「美優傳訊息給我……我要走了，拜拜。」

說完，她起身準備離開，轉身時，短裙跟著飄動。慘了，她真的生氣了。

但是她準備離開時，表情不像是憤怒，更像是傷心，好像有一種難以言喻的寂寞，靖貴慌忙叫住她。

「呃，那個……」

北岡停下腳步。靖貴雖然叫住她，但其實並不是有什麼話要說。

只是他不希望北岡帶著這樣的表情離開。雖然北岡目前背對著他，但無論玩笑也好，揶揄也罷，很希望她可以轉過頭露出笑容。

「謝謝妳送來眼鏡和麵包，真是救了我一命啊。」

他真心誠意地表達感謝，北岡的肩膀顫了一下。

「沒有去看妳們比賽也很抱歉，原本我打算上午去看的。」

意外遇到其他班那三個人，影響了他的心情，打消念頭。但在去便利商店之前，的確曾經打算去體育館，這件事千真萬確。

如果北岡因此覺得自己言而無信，那是誤會。自己沒有忘記和她的約定，而且原本很期待見識一下她在場上的活躍表現。如果自己沒有被界外球打到，也打算下午和克也，還有其他同學一起去看下午的比賽。

北岡緩緩轉頭看向側面，她表情似乎有點疲憊。

「頭……」

靖貴聽到她小聲說話，她在說「頭」嗎？

靖貴還來不及確認，北岡就繼續說道：

「你要小心點，大家都很擔心。」

她緊張地說完這句話，快步離開教室。

靖貴獨自留在教室，茫然地站在原地。他發現橘色的夕陽從窗戶照了進來，自己和課桌在地上留下長長的陰影。

共同點

「箱底鹽？那是什麼？」

「不是箱底鹽，而是鄉地研。」雖然靖貴立刻糾正，但坐在他身旁的女生似乎完全聽不懂，只是敷衍地「喔」了一聲。

「鄉地研……就是鄉土地理研究會的簡稱。」

「是喔，我從來沒有聽說過。我們學校真的有這個社團嗎？」

「當然有啊，我就參加了那個社團。」

入學不久，全年級學生都聚集在體育館參加的「社團活動介紹」時，介紹了社團活動的內容……看來她完全不記得這件事。

今天是星期三晚上，補習班放學後，正搭車準備回家。他坐在長椅上，同班同學北岡惠麻今天一樣坐在他身旁，每週三補習班放學後一起回家，漸漸變成他們每週一次的常態。

電車上沒有太多人，但過了兩個車站後，有不少乘客站在車廂內。今天她難得主動問很多關於靖貴的問題，可能她總是不離手的手機沒電了。總之，他們目前正在談論學校即將舉行的文化祭。

他們就讀的高中為了讓三年級學生以課業為重，各班可以自願報名參加。有一半的班級都興致勃勃地報名參加，但靖貴和北岡所屬的F班屬於另一半不參加的班級。

靖貴打算協助在第一學期之前參加的「鄉土地理研究會」的成果展。鄉地研的社團活動並不密集，所以他至今仍然會去參加活動，而且目前社團只剩下不到十個人，人手很不夠。

「……所以那個鄉地研社團都在做什麼？」

靖貴淡淡地回答北岡的問題。

「既然名為鄉土地理的社團……就是採訪這一帶以前的歷史，以及目前產業的變遷……有時候會去採訪本地名人，然後做成海報發表。」

「是喔……感覺很無聊。」

「我就知道妳會這麼說，其實到時候還會邀請『千葉婆』來學校。」

「什麼？真的假的？」

北岡頓時喜形於色地問，靖貴意外地問：

「妳知道？」

「嗯，我很喜歡千葉婆啊。」

「千葉婆」是為了宣傳千葉縣的歷史和傳統所推出的吉祥物，也就是所謂在地吉祥物的黃色兔子婆婆（只不過無論受歡迎的程度和知名度，都遠遠不及千葉縣的正式吉祥物「擁有千葉縣形狀的紅色奇妙東西（不是狗喔）」，所以是很多縣民都根本不知道「有這種東西？」的可憐吉祥物）。

有一名以前也參加鄉地研的校友目前在縣立博物館任職，透過這名校友借到「千葉婆」的人偶裝，在文化祭當天，幾名學弟將輪流穿上人偶裝宣傳鄉地研。

「千葉婆超可愛。」北岡說著，情不自禁笑了起來。雖然北岡並不是在稱讚靖貴，但他沒來由地開始害羞。

「北岡，妳參加什麼社團？」

他突然想到這個問題，北岡有點不高興地小聲回答：

「呃，我沒有參加。」

「是嗎？沒有社團邀妳去當社團經理嗎？」

一年級生剛入學時，漂亮女生都會被運動社團的學生盯上，學長親自邀請「要不要來我們社團當經理」，一年級的時候，的確曾經有像是來遊說的學長來教室。

雖然身為局外人的靖貴能夠理解那些運動社團的人認為「有漂亮女生在旁邊，更能夠激發動力」的想法，但不禁苦笑地認為這種做法也未免太露骨了，更何況他認為當經理的女生對這項運動有多少興趣更重要。

北岡皺著眉頭，有點無奈。

「……雖然有學長來邀請，但我全都拒絕了。」

「為什麼？」

「我就不是那種八面玲瓏的個性。」

靖貴聽了她直言不諱的回答，噗哧一聲笑出來。

「也對。」

她的確不像是「為了在場上拚搏的運動員」會早起，或是在幕後支持選手的人，而且她內心的想法都寫在臉上，在很講究上下關係的運動社團，她這種性格很容易引起不必要的問題。

「什麼叫『也對』？你太沒禮貌了。」北岡生氣地嘀咕，靖貴正想笑著掩飾時，聽到右側傳來一個女生高亢的聲音。

「咦？惠麻？」

北岡嚇了一跳，抬起頭。一個剪了鮑伯頭，穿著制服的女生從電車的車間通道走過來，在他們面前停下。她似乎從其他車廂走過來。

「久美子……」

北岡抬頭看著那個女生，輕輕叫了一聲。那個女生穿的是錄取率超低的知名私立高中的制服。也許是因為這身制服的關係，她清秀的五官、很有日本味的長相充滿知性。她的一雙細腿穿著藏青色長襪，搭配知名品牌合作的學生球鞋，可以感受到她的個性和堅持。

那個名叫久美子的女生拿下白色耳機放進口袋後，對著北岡露出了笑容。

「好久不見！妳最近好嗎？」

她說話很乾脆爽朗，靖貴覺得這種人應該就是大家口中「無憂無慮的人」。

北岡也跟著揚起笑。

「嗯，妳看起來都沒變。」

「是啊，但整天都補習、補習，我都只剩半條命了。妳呢？補習班剛放學嗎？」

「嗯。」

這個女生似乎是北岡的好朋友，她們很久沒有見面，應該有很多話想聊。靖貴起身讓座給久美子，久美子笑著微微鞠躬說「謝謝」後，在椅子上坐下。

靖貴站在久美子面前拉著吊環，他打算等一下假裝「下一站要下車」，走去其他車廂，卻聽到北岡叫他：

「飯島，這個給我，我幫你拿。」

她在說話的同時，伸手準備拿靖貴手上的資料夾。她……因為遇到了她的朋友，自己好心假裝不認識她，她竟然沒意識到，真是不懂得察言觀色。靖貴內心有一種徒勞的感覺。

果然不出所料，久美子驚訝地看看北岡，又看向靖貴，發出充滿疑惑的聲音「呃……咦？」久美子剛才沒有注意到靖貴和北岡相識。

「呃……這位是？」

「他姓飯島，是我班上的同學。」

「所以說……」

「只是同學。」北岡很乾脆地回答。

「你好。」久美子向靖貴打招呼時，北岡不由分說地搶走資料夾，放在自己腿上。

「我叫磯貝久美子，磯釣的磯，貝殼的貝，就直接唸『Iso-kai』，我和惠麻小學、初中都讀同一所學校。」

「喔。」靖貴輕輕點點頭。久美子可能很能言善道，說話滔滔不絕。靖貴不禁想了一下，除了家人和北岡以外，有多久沒有女生主動對他說話了？

靖貴呆若木雞地握著吊環，久美子目不轉睛地看著他右側腋下。怎麼了？難道制服髒了嗎？靖貴渾身不自在，久美子突然問他：

「飯島，你是蘇短的歌迷嗎？」

久美子猜中了，靖貴的身體忍不住抖了一下。

蘇格蘭短毛（簡稱為蘇短）是靖貴目前最常聽的年輕搖滾樂團。

她怎麼會知道？莫非她有超能力？「呃呃，是啊。」靖貴有點畏縮地回答，久美子頓時露出了欣喜的表情。

「我就知道！我也超喜歡！你這個鑰匙圈是他們之前巡迴演出時推出的周邊商品吧！」

久美子指著他掛在背包右側的鑰匙圈大聲笑了。原來她並沒有什麼超能力，只是眼睛很尖而已。

「是……是啊。雖然我原本想買T恤，可惜賣完了。」

靖貴稍微回頭看看背包後回答。那個鑰匙圈是去年聽現場演唱會時買的巡迴演出紀念品，他隨手掛在這個當作書包使用的背包上，但之前從來沒有人問過他這件事，他甚至忘了背包上掛著這個鑰匙圈。

「好棒喔，借我看一下。」久美子說，靖貴轉向側面，久美子興致勃勃地把鑰匙圈拿在手上打量著，北岡一臉驚訝地問：

「你們在聊什麼？」

「妳不知道名叫蘇短的這個樂團嗎？就是唱〈不知如何面對僅存的勇氣，我無法只拯救妳〉那首歌的樂團。」

久美子哼了樂團的代表曲之一，但北岡一臉狀況外，歪著頭嘀咕：

「好像……有聽過？」

這也難怪，因為蘇短樂團雖然獲得一部分資深樂迷的大力支持，但一般民眾對這個樂團並不熟悉，唱片銷售量無法擠進排行榜。

（樂團的名字是樂團成員將喜歡的兩個貓品種結合在一起而成，雖然樂團的名字很可愛，但他們的音樂是使用大量電子音的硬派搖滾，歌詞內容也經常充滿省思，所以粉絲都紛紛繪聲繪影地說「三村（主唱兼作詞）有輕度憂鬱症」。）

「謝謝。」久美子鬆開鑰匙圈，又抬頭看著靖貴說：

「這麼說來你有買到票嗎？好羨慕。我在售票日當天想訂票，沒想到在主要城市的場次都秒殺，你竟然買到了。」

「我在網路上預約……我碰運氣預約申請，沒想到竟然抽中了。」

現在回想起來，真是太幸運了。原本在申請時並沒有抱太大的希望，沒想到剛好抽中了。蘇短樂團有很多死忠歌迷，但他們每次舉辦現場演唱會的場地都很小，靖貴去聽的那場演唱會門票還在網路上賣到三倍的價格。

久美子眉飛色舞地繼續聊著，可能平時很難得遇到蘇短樂團的歌迷（靖貴非常瞭解她的心情）。

「對了，你看的是哪一場？」

「Zepp的第二天。」

靖貴據實以告，久美子不禁輕輕驚叫起來：

「不會吧！？那不是最後一天嗎？我看了別人觀後感的歌單，我認為那天的選曲簡直太神了！」

「喔喔，他們的安可曲唱了〈純情Clumsy Boy〉，的確有點意外。」

「對啊！我最喜歡那首歌！」

靖貴說的那首歌曲是樂團初期的名曲，歌迷當然很喜歡，但由於是樂團年輕時創作的歌曲，無論歌詞和旋律都有點青澀，成為現在已經很少表演的歌之一。

靖貴去看的那場演唱會，樂團將這首歌曲作為驚喜節目表演……會場內頓時陷入轟動。坐在靖貴旁邊的一個不認識的女人聽到前奏的瞬間，就忍不住哭了。

「啊啊，真希望我也可以聽一下現場版的純情……」

久美子晃動著一頭黑髮，誇張地嘆著氣。靖貴想起一件事。

「啊，朝日電視台那天有派出攝影團隊去拍攝，我有他們後來播出節目的

DVD……」

朝日電視台的音樂頻道在日後播出靖貴去聽的那場演唱會錄影，雖然並非全場播出，但在編輯時以主要樂曲為中心，當然包括了重頭戲的〈純情〉。

「啊？真的嗎？」

久美子果然非常有興趣。接下來說的話當然就是……

「借我！」

「好啊。」

「啊！？」

在靖貴表示同意的同時，北岡做出了意外的反應，表情顯示她無法理解他們在談論的事。

久美子完全沒有察覺北岡的反應，高興地露出滿面笑容。

「真的嗎！？太開心了！」

久美子立刻摸著制服的口袋，拿出手機說：

「那我們來留電話……你有沒有用LINE？」

「啊，我沒有手機。」

靖貴老實回答，久美子沒有太驚訝，窸窸窣窣開始在書包裡翻找著什麼。

「這樣啊，但你可以上網吧。」

「嗯，可以。」

「那你等我一下。」

她在記事本角落寫下電子郵件信箱後遞給靖貴。

「給你。」

「好，我會用家裡的電腦寫電子郵件給妳。」

靖貴把那張紙放進票夾內。北岡一臉不爽地看著他們說話。

（怎麼了？）

她這麼無法原諒自己這種魯蛇和她的好朋友建立交情嗎？靖貴訝異地看著北岡，久美子察覺他的視線後，才終於發現北岡態度的變化，忍不住問：

「惠麻，妳怎麼了？」

「沒事……」

雖然北岡這麼回答，但明顯不高興。剛才的確和久美子聊了她不瞭解的話題，而且聊得很投入，只不過並不是試圖排斥她。當自己喜歡的事很小眾，遇到有共同興趣的人就會聊得很開心。北岡可能從來沒有成為小眾派，應該無法理解這種事……

即使北岡表現出這種孩子氣的態度，和她認識多年的久美子也完全沒有放在心上。久美子爽朗一笑，試圖拉攏北岡一起加入。

「惠麻，妳要不要聽看看？我可以借CD給妳。」

「……我考慮看看。」

「不需要考慮啦，樂團的成員都滿帥的。」

有嗎？靖貴忍不住不解。蘇短樂團成員的外表都屬於草食系，一些女文青很喜歡，會說什麼「希望可以成為自己的男朋友」，但像北岡這種個性外向，外型亮麗的女生似乎不會喜歡那種類型，她們應該會喜歡那種濃眉大眼，肌肉飽滿，看起來生命力很旺盛的男生。

靖貴胡思亂想著，久美子突然看著他說：

「啊，我覺得你的氣質和吉他手阿西很像。」

久美子突然將話鋒轉向靖貴，靖貴的肩膀抖了一下。

「我不覺得……」

雖然靖貴否認，但其實他也隱約覺得「這個人和自己有點像」，就連比他大四歲的姊姊也曾經這麼說。

只不過靖貴不會彈吉他，即使五官有點像，還是完全無法和在音樂路上獲得成功的人相提並論。

靖貴尷尬地低下頭，兩個女生開始聊「目前檯面上的音樂人中，最喜歡誰」的話題，靖貴暗自鬆口氣。

星期天，靖貴立刻把存在硬碟中的現場演唱會影片燒錄到DVD上。

雖然之前說要「借」給久美子，但如此一來，見面借給她之後，歸還的時候又要見面，需要花兩次時間，那還不如多燒錄一片，乾脆送給她。

燒錄完成後，他用奇異筆在光碟上寫了「SSH（Scottish Short Hair的縮寫），然後裝進盒子。

然後，他根據久美子給他的便條紙上所寫的電子郵件信箱，寄了電子郵件，和她討論要約在哪裡交給她。

「主旨：我是飯島。

內文：妳好。

我是南總高中的飯島，星期三在電車上見過面。

當時說好要給妳蘇短的DVD，我已經準備好了。

我想找時間交給妳，不知道妳什麼時候有空？

同時也希望妳告訴我妳方便的地點。」

在寄出去之前，他又看了一遍，確定內容很正常，不會讓人覺得別有用心。

沒問題。他按下寄出。

沒想到才剛寄出，就聽到通知有新郵件的「叮咚」電子聲。

（咦……太奇怪了。）

他點選收件匣，一看內容，發現新郵件的主旨是「Returned mail: see transcript for details」。

……也就是說，剛才寄出的電子郵件信箱有誤。

隔天班會課後的打掃時間，靖貴發現北岡拿著長掃把，獨自悠閒地在走廊上掃地，立刻假裝擦走廊上的窗戶，小聲叫著北岡。

「北岡。」

「啊？幹嘛？」

北岡驚訝地問。靖貴搞不懂她為什麼這麼驚訝，但隨即想到自從入學當初，想要借她看資料手冊那次之後，就從來沒有在學校內跟她說過話。

現在無暇理會這種事。靖貴立刻進入正題。

「妳可以告訴我久美子的電子郵件信箱嗎？」

北岡板起臉。靖貴沒有理會，繼續一口氣說：

「她上次留給我的郵件信箱好像有問題，我寄了好幾次都被退回來。」

靖貴原本猜想可能拼錯了，重新檢查便條紙上的信箱好幾次，然後再重新寄了郵件，但每次都在五秒鐘後就收到「MAILER-DAEMON」的郵件，靖貴不知該如何是好。

北岡拿著長掃把，不悅地低吟著：

「啊……」

「不行嗎？」

「這屬於個資啊。」

既然北岡這麼說，那就沒轍了。於是靖貴找了替代方案。

「那可以請妳把DVD交給她嗎？」

北岡聽了他的要求，更生氣地說：

「為什麼？你自己給她就好了啊。」

靖貴搞不懂她為什麼這麼生氣，但自己不能退縮。他向後瞥了一眼，確認沒有人看到他們後反駁說：

「即使我想自己交給她，也沒辦法和她聯絡啊。雖然有可能巧遇她，但我總不能整天把DVD帶在身上。」

靖貴覺得自己的意見很中肯，但北岡似乎完全不打算屈服，她揚起下巴「哼」了一聲，嘴角露出淡淡的笑容說：

「她搞不好故意寫錯啊。」

「我說妳啊……」

怎麼可能有這種事？更何況是久美子向他借DVD，而且他們之間很單純，只是同為那個樂團的歌迷進行交流而已。

北岡咄咄逼人的態度，讓靖貴想到一件事。

「妳該不會在吃醋？」

「白……」

北岡突然大聲準備罵人。靖貴似乎猜對一半。

她真是太幼稚了。靖貴無奈地嘆氣說：

「……我知道妳的好朋友被搶走，妳會覺得很不爽，但不要這麼為難我嘛。」

北岡似乎無言以對，撇著嘴，瞪著靖貴。

好，再加把勁。她似乎覺得欠自己一份情，只要姿態低一點，一定可以成功。

「久美子可能很期待看那張DVD，所以拜託妳了。」

北岡正打算開口說話，就在這時——

「惠麻？」

持田美優從樓梯那裡走過來，北岡慌忙和靖貴拉開距離，回頭看著持田。

「妳在幹嘛？不是早就打掃完了嗎？」

「喔……我好了！」

她對持田說完後，就跑了過去，簡直就像很怕別人看到她和靖貴說話。

不是「簡直」怕別人看到，而是她的確很怕別人看到。在學校內找她說話的確是地雷。靖貴嘆了一口氣，拿起北岡留下的掃把和畚箕掃垃圾。

（DVD……該怎麼辦呢？）

這是眼前需要解決的問題。既然久美子和北岡讀同一所小學，應該就住在這附近……

只能早上提早去車站等人嗎？這種行為有點像跟蹤狂。而且想到最近早上的氣溫越來越低，很怕冷的靖貴忍不住繃緊身體。

那天放學後，他去參加了鄉地研的活動。夕陽開始下沉後才解散，他和學弟一起走去校舍門口。

他脫下室內鞋，打開鞋櫃準備換球鞋時，一張紙飄落在地上。

那是什麼？他撿起來。看到紙上寫的字，靖貴忍不住苦笑。

「q35isogai@dokomo.ne.jp 如果這個不對，那我就不知道了。」

……久美子交給靖貴的便條紙上，第一個「q」看起來像「9」，難怪寄不出去。

既然北岡願意告訴自己，為什麼不一開始就說……

果然搞不懂北岡的想法。靖貴再度認識到這件事。

靖貴從北岡手上拿到久美子的電子郵件信箱後，當天就用電腦傳了電子郵件。

沒想到不出五分鐘，就收到久美子的回信。

「主旨：太好了☆

內文：謝謝！因為一直沒有收到你的郵件，我還以為你忘記了（笑）。

我的學校很遠，而且都很晚下課，所以週一到週五可能比較困難。

這個星期六你方便嗎？真希望可以趕快看到〈純情〉！」

這個星期六……靖貴除了去補習班上課以外，沒有其他事要忙。下午三點以後，隨時都可以見面。

他回覆久美子，說明情況。久美子又馬上回他。

「主旨：瞭解明白
內文：那就星期六見。我那天剛好要去千葉車站辦事情，超級剛好。
車站附近不是有一間派出所嗎？就是貓頭鷹形狀的房子，我們就約三點在派出所門口見面？
哇，第一次約會欸！我要穿什麼衣服（笑）」

……這個女生和她的朋友北岡完全屬於不同的類型。雖然她說約會是百分之百的玩笑話，但如果是北岡，即使花大錢收買，她也不會對自己說這種話。

「我瞭解了，那就三點在派出所門口見。請穿保暖的衣服。」靖貴的回覆有點冷淡。他知道自己並不具備能夠用幽默回應她玩笑話的能力。

兩天後的星期三，補習班放學後，他像往常一樣在車站月台上尋找北岡的身影，卻沒有看見她。

「是不是晚下課？」他坐在月台的長椅上，聽著「DUO」複習英文單字等北岡。有好幾輛電車都從他面前開走。

他等了一個多小時，周圍幾乎已經不見高中生的身影，醉醺醺的大人越來越多。

（……她可能不會來了？）

靖貴覺得肚子很餓，也很冷。秋意越來越濃的夜晚空氣預告著寒冷的季節即將來臨，靜靜地讓靖貴感到難過。

不知道北岡在幹什麼？白天在學校看到她時，她似乎和平時沒什麼不一樣，也許她今天先回家了。

果真如此的話，她就太無情了，枉費自己在這裡等她。但他同時也明白，和她並沒有約好，又沒有請對方等自己，只是連續好幾個星期剛好在相同時間搭車，於是就一起回家而已。

無論北岡坐在自己旁邊，還是自己配合她，總是在同一個車門搭車，都是各自的決定。即使某一方突然改變了這樣的習慣，也沒有理由指責對方，所以自己不能責怪她。

靖貴看到電子告示牌旁的時鐘指向十點半，剛好有一輛電車駛入月台，等車上的人下車之後，他搭上了電車。

到了星期六——

這一天，補習班比較早下課，他去附近的便利商店站著翻雜誌殺時間，以便在三點整準時抵達派出所。

當他來到約定的「貓頭鷹派出所」，發現久美子還沒有來。無奈之下，只能看著來往的行人，等待久美子出現。現在是週末的白天，有很多去百貨公司和車站前購物中心的年輕女生。

每次看到深棕色直髮的女生，靖貴發現自己的目光會情不自禁被吸引。

為什麼會這樣？他不禁自問，同時感到愕然。她們和那個女生很像，和那個整天都臭臉，但偶爾會在自己面前露出寂寞表情、不安定的女生很像——

「飯島？」

聽到有人叫自己的名字，靖貴急忙回過神，轉頭看向聲音的方向，發現一個剪著鮑伯頭的瘦女生站在那裡。

久美子在臉前合起雙手，微微歪頭，靦腆地說：

「對不起，我是不是遲到了？」

「不，我也剛到……」

久美子穿著飛行夾克，花紋圖案的褲襪和短褲，腳蹬高跟短靴，臉上戴了一副大鏡框的黑框眼鏡作為裝飾。之前她穿制服時就隱約感覺到，她喜歡富有個性的打扮。

久美子打量著靖貴後，發出驚訝的嘆息聲。

「你穿便服感覺很不一樣，剛才我還以為自己認錯人了。」

「……很奇怪嗎？」

靖貴忍不住問。他目前穿的牛仔褲、連帽上衣和圓領T恤是今年新年時，跟著在東京讀大學的姊姊和她朋友，在時尚街的服裝店買的。

原本只是帶著輕鬆的心情跟著姊姊去逛街，他隨便拿了一件衣服試穿後，姊姊他們和店員接連拿來好幾件衣服讓他試穿，一下子要他「試穿這件看看」，一下子又說「再試這件」，然後又說「沒想到穿在你身上很好看」，結果他不好意思空手而回。雖然在旁人的慫恿下花大錢買下這幾件衣服，不過穿在身上很舒服，而且也和他其他衣服很搭，所以格外喜歡。那次之後，他就對衣服產生了一點興趣，買衣服時都會試穿，選擇適合自己體型的衣服。

而且今天不用去學校，他戴著平時在家時戴的塑膠框眼鏡（就是北岡在暑假時說「這副比較好」的眼鏡）。補習班的教室比學校小很多，即使眼鏡的度數有點不足，也不會看不到老師在黑板上寫的字，因此星期六他都會戴這副眼鏡。這也許是讓自己看起來「感覺很不一樣」的原因之一。

但是，自己這種人即使想好好打扮，也不知別人會不會覺得很滑稽？靖貴內心很不安，久美子滿面笑容回答說：

「不會啊，我覺得很適合你，而且也很好看，我很喜歡。」

靖貴聽了之後，稍微鬆一口氣。既然像久美子這麼有審美觀的女生這麼說，即使只是奉承話，聽了也很高興。

「這就是之前說好要給妳的。」

靖貴從托特包內拿出DVD說，久美子輕輕「啊！」了一聲，接下DVD。

「謝謝……什麼時候還你？」

「不用了，我還有一張，所以這張就送妳。」

久美子聽了，好像在看什麼寶貝似地打量著DVD，低頭笑著說：

「這樣啊……這麼說來你重新燒了一張給我。不好意思，太感謝了。」

靖貴覺得自己沒有做出值得她這麼高興的事，看著久美子笑得很開心的樣子，連他也覺得有一種渾身酥麻的感覺。

既然已經把DVD交給她，是否該回去了？靖貴正準備向她道別，久美子搶先用拇指比著後方說：

「要不要喝杯咖啡？我請客，表達對你的感謝。」

……靖貴原本就猜想會有這樣的發展，竟然難得猜中了。

靖貴在久美子的邀請下，走進位在百貨公司一樓的咖啡店。

咖啡店內座無虛席，他們只好坐在戶外的露天座位。今天陽光燦爛，沒什麼風，只要不是坐太久，即使坐在戶外也可以忍耐（久美子穿著看起來很暖和的夾克，應該沒問題）。

他們面對面在圓桌前坐下，久美子可能為了消除他的緊張，首先延續了上一次的話題，聊了蘇短樂團的事。他們分享各自愛上樂團的契機、最喜歡的樂曲、樂團成員的八卦，還批評了被認為了無新意的最近專輯，只有樂團的歌迷才能夠聊得如此投入。但久美子顯然是所謂的鐵粉，對某些問題的研究極其深入，連靖貴都不太瞭解，每次都只能不置可否地附和「這樣啊」。

久美子聊完蘇短樂團後，兩人陷入短暫的沉默。她有點嚴肅，喝著已經冷掉的摩卡咖啡說：

「對了，你和惠麻是同班同學吧？」

「是啊。」

「她怎麼樣？在學校時會不會很不合群？有沒有遭到霸凌？」

靖貴懷疑自己聽錯了。北岡遭到霸凌？她是金字塔頂端的人，是所有人矚目的焦點，也是大家的嚮往。只有她不理別人，別人絕對不可能不理她。

「不，完全沒有這種事，她很受歡迎。」

尤其男生都很喜歡她。靖貴差一點這麼說，但還是吞下這句話。一旦這麼說出口，聽起來就像是在嫉妒她的好人緣，感覺很小心眼。

久美鬆了一口氣，作為裝飾品眼鏡後方的雙眼瞇起。

「是嗎？那太好了。雖然我和她讀不同的學校，但有點擔心。」

「擔心……妳是說擔心北岡嗎？」

「……惠麻雖然人很好，不過有點笨拙，容易引起別人的誤會。」

是這樣嗎？靖貴再度產生疑問。他覺得北岡這個人很任性，說話直截了當，做事我行我素，而且對交往的朋友很挑剔，絕對不會靠近對自己不利的對象，所以覺得她這個人很精通處世之道。她到底哪裡笨拙？

靖貴說不出話，久美子露出凝望遠方的眼神說：

「她的外型不是很引人注目嗎？所以高年級的學長會盯上她，還有很多女生都喜歡的男生一廂情願地愛上她，結果她就莫名其妙地成為所有女生的眼中釘。反正發生很多事，那時候我和她不同班，幫不了她。」

靖貴難以相信她會成為所有女生的眼中釘。之前去集訓時，她遲遲沒有回宿舍，同班的安藤還很擔心她，所以至少她在那個小圈圈內和其他人建立了良好的關係。

但會不會是因為以前曾經有過痛苦經驗的關係？比起在自己身邊打轉的男生，她把和女生之間的感情放在首位，整天小心翼翼，避免傷害和女生之間的感情，所以才有目前的處境。久美子看起來不像在說謊，完全有這種可能性。

這時，靖貴想起一件事。剛入學時，自己好心被雷親，被北岡冷冷拒絕，該不會——

「但有你這麼可靠的人在她身邊，我就不擔心了。」

靖貴聽了久美子的話，驚訝地抬起頭。當他們四目相對時，她露出安心的表情。靖貴忐忑不安，慌忙移開雙眼低下頭。

「沒這回事……我和北岡在學校完全沒有交集。」

「啊？是嗎？你們上次不是一起回家嗎？」

久美子很意外，靖貴帶著苦澀的心情回答說：

「只有星期三補習班放學的時候而已，我們下課的時間剛好差不多，所以我就成為她聊天的對象。在學校時最多只說過一兩次話而已。」

沒錯，一起回家只是剛好而已。最好的證明，就是三天前的星期三，她沒有出現在月台上，自己等了半天都不見她的人影，隔天在學校時，她也沒有為這件事解釋什麼。

「為什麼？你們班的感情不好嗎？」

「也不是……但她在班上屬於漂亮又懂得打扮的高端人口，而我屬於低端人口，平時甚至沒資格向她打招呼。」

「是喔，還有這種規定嗎？我讀的是女校，不太清楚這種情況。」

雖然久美子這麼說，但靖貴認為她不可能完全沒有經驗。讀初中時，只要是一定規模的學校，就不可能和所有人平等來往，必定會產生某種程度的差別。如果久美子真的不曾察覺這種事，就代表她也是高端人口，從來不曾為這種事苦惱，或是功課特別好、有藝術方面的才華，可以凌駕於學校的種姓階級。

靖貴對她的無憂無慮既羨慕，又嫉妒。雖然學校並不是真的有所謂的種姓制度，也知道這種事很無聊，但仍然覺得試圖改變，或是提出異議很可怕。所謂的同儕壓力一旦發生問題，就會一發不可收拾。他不想成為標的。

久美子看到靖貴沉默不語，神情柔和，探頭看著他說：

「對了，飯島，你有女朋友嗎？」

久美子突如其來的問題讓靖貴忍不住向後仰，對她搖著頭說：

「沒有，我這種人怎麼可能和女生交往？不可能啦。」

「啊？為什麼？」

「我外表又不帥，也沒什麼優點，反正完全沒有女生喜歡我。」

即使這樣，靖貴仍然希望以後能夠交女朋友，每天過快樂的生活，但也知道現在這樣不可能交到女朋友。

久美子一臉茫然看著靖貴，然後喃喃自語說：「原來是這樣。」她清清嗓子後，湊到靖貴面前問：

「所以，你並不是討厭女生。」

「啊？嗯……不討厭啊……」

久美子把臉湊得更近了。靖貴嚇得肩膀顫抖，久美子壓低聲音說：

「既然這樣……」

怎麼樣？靖貴倒吸一口氣。下一剎那，久美子突然抓住了他放在桌上的手問：「要不要我當你的女朋友？」

「呃……」

這句話讓人難以置信。他不知道該如何反應，整個人愣在那裡。他以前從來沒有交過女朋友，當然更是有生以來，第一次有人向他告白。

他的手掌感受著久美子的體溫，心跳持續加速。

他當然不可能不高興，但他認識久美子不久，還不瞭解她。當然，以目前對她的瞭解，認為她無論外表和個性都很出色，正因為這樣，他無法理解。她根本不需要和自己這種人交往，以她的條件，有很多條件好、更適合她的男生。靖貴甚至開始懷疑是不是她參加了什麼懲罰遊戲，讓她必須對自己說這種話。

而且……如果北岡知道這件事會怎麼想？之前只是問她久美子的電子郵件信箱，她就那麼生氣。如果真的和久美子交往，她可能再也不和自己說話了。

光是這麼想像，他就覺得胸口發悶。為什麼？自己剛才還在想「希望交女朋友」，眼前不是千載難逢的大好機會嗎？無論北岡會有怎麼的反應，都不必管她。照理說，應該是這樣。

而且之前就覺得北岡「很討厭」，即使她之後對自己不理不睬，也只是回到原來的狀況。既然這樣，自己為什麼這麼在意每個星期只有一起搭車三十分鐘的她？

靖貴手足無措，久美子鬆開他的手，柔和一笑。

「開玩笑啦。」

「啊？」

「你不要把這句話當真。」

我就知道。靖貴完全不意外。雖然有點失望，但更鬆口氣。

「這樣……啊。」

靖貴喃喃說道，久美子輕描淡寫地說：

「嗯，我是很徹底的女同志。」

靖貴的身體抖了一下。坐在他面前的女生見狀，托腮苦笑著說：

「……這也是開玩笑啦。」

靖貴終於鬆了一口氣。和她說話會對心臟有不良影響，只是造成自己緊張的原因和北岡不同。雖然她一臉誠懇，但似乎很喜歡作弄別人。如果對方當真，她打算怎麼收拾殘局？

靖貴覺得自己被久美子玩弄於股掌，既羞愧，又有點無所適從，不知道該說什麼，久美子收起調皮的表情。

當他們眼神交會時，久美子靜靜地開口。

「……你剛才的反應和惠麻一模一樣。」

「剛才……的？」

靖貴不知道她在指哪件事，忍不住反問，久美子點點頭說：

「嗯。上次我們在電車上巧遇時，你不是先下車了嗎？」

「對。」靖貴回答，但他完全猜不透她接下來要說什麼，腦袋仍然一片混亂。

「你下車之後，我就問惠麻：『飯島有沒有女朋友？』」

「呃……」

她竟然問這種問題？靖貴很愕然，他完全沒有想到自己竟然會成為她們討論的話題。

北岡被她問這種問題，應該會很傷腦筋——

「她回答說：『應該沒有。』於是我就問：『那我當他的女朋友呢？』沒想到她很不高興地『呃……』了一聲。」

久美子看著靖貴露齒一笑，好像在暗示什麼。

……她的言下之意，就是北岡當時『和自己的反應一模一樣』？但自己沒有不高興，只是不知所措。

而且北岡也不可能和自己有相同的心情。靖貴低著頭，微微看向側面說：

「……我想，八成是她不希望妳被別人搶走……」

不是「八成」，而是百分之百就是這樣。北岡只是不希望從小一起長大的朋友久美子被別人搶走，沒有其他的想法。

「是嗎？但是以前初中的時候，當別人傳我和一個男生在一起時，她一直催我『你們趕快在一起啊』。」

「那為什麼……」

「你覺得是為什麼呢？」

久美子看著他的臉問，言下之意，似乎覺得「你應該知道」。

靖貴立刻想到會不會是「她極度討厭我，所以不希望我成為她朋友的男朋友」？但如果她對自己有這種負面的感情，即使只是上補習班的日子，應該不會和自己一起回家。雖然靖貴這個人很負面思考，但只要客觀思考一下，就知道不可能是這種情況。

既然這樣，該不會？他又再度想到之前就持續否定的可能性。這種想法會不會太自我感覺良好了？像北岡這種漂亮女生不可能對自己有意思，即使真的有，她內心也只是有「不想被人搶走好不容易找到的玩具」這種孩子氣的獨佔欲，或者是基於「我還沒有男朋友，飯島怎麼可以比我先有女朋友」的自尊心。

靖貴不發一語，一直看著自己的膝蓋，久美子拍了拍他的肩膀說：

「雖然你剛才把惠麻說成是遙不可及，生活在不同世界的人。」

靖貴覺得自己並沒有明確這樣說，但內心的確這麼想，想要表達的意思差不多。

他戰戰兢兢抬起頭，久美子和他互看一眼後，再度調皮地瞇起眼睛。

「我覺得你們兩個人搞不好是同類。」

靖貴看著她的笑容，忍不住一驚。同時有點懷疑她是不是看透自己的內心。

雖然北岡和自己無論在外表、興趣愛好等各方面都南轅北轍，她這個人那麼任性自大，之前一直不喜歡她，但是不知道為什麼，和她聊天很自在，有很多事想問她，也有很多話想告訴她，有時候覺得搞不好其實和她很合得來。每次想像也許她有這種想法，就沒來由地有點高興。

……她的朋友也許知道，自己和她到底哪裡相似，而且她為什麼有時候臉上會寫滿不開心的表情。

靖貴很想向久美子打聽，但久美子看了一眼手錶小聲說：「啊，我沒時間了。」靖貴把原本想說的話和此刻的心情吞下去。時間到了。雖然時間短促，但人生的第一次約會已結束。

久美子站起來，用手指繞著很有光澤的髮梢說：

「我等一下要去剪頭髮。」

靖貴覺得她的頭髮一點都不長，看到久美子的髮際和頭髮下纖細的脖子，他強烈意識到對方是異性這件事。

靖貴忍不住想像如果自己接受久美子剛才的要求，會有怎樣的結果。雖然久美子一定會說「真的是開玩笑」，但萬一他們真的交往，也許自己可以摸她的頸項……

「妳要剪多短？」為了趕走內心的邪念，他慌忙問道。久美子在耳邊做出剪刀的動作說：「這次想乾脆剪短一點。」

「會很冷吧。」靖貴表達了很不解風情的感想，久美子似乎並沒有不高興，回答說：「圍上圍巾就沒問題了，對吧？」

「謝謝妳請我喝咖啡，今天很開心。」

靖貴要去車站，和準備去髮廊的久美子剛好順路。他們一起走在路上時，靖貴鞠躬向她道謝。

「我才要謝謝你的DVD，下次他們舉辦演唱會時，我們一起去看。」

「好啊。」靖貴笑著回答。他之前向來都獨自去看演唱會，和久美子一起去，一定會更開心。

即使真的要去聽演唱會，也要等考完大學，那是很久以後的事了。雖然不知道到時候和她是否還有聯絡，但至少目前可以小小期待一下。

「對了，下個星期南高是不是要舉辦文化祭？我會去玩。」

「喔！」靖貴聽到久美子這麼說，忍不住驚訝。她不愧是本地人，消息真靈通。

「我們班級並不參加，但我會去協助沒什麼人知道的鄉土地理研究會成果展。」

沒想到久美子聽了之後竟然說：「我對鄉土地理超有興趣。」

久美子果然有點奇特，不，是非常奇特的女生。

這時，她突然停下腳步，她似乎要走另一條路。

靖貴準備舉手向她道別時，久美子突然轉頭對他說：

「還有一件事。」

「什麼？」

「絕對有女生喜歡你，你要更有自信。」

她竟然在最後的最後說這種話。靖貴渾身發熱，他猜想自己一定漲紅臉。

「沒有，不可能。」他一個勁地否認，久美子語帶調侃地說：

「但你不能暈船，不然惠麻會擔心。」

……她果然誤會了自己和北岡之間的關係。無論自己和誰交往，只要不是北岡她的朋友，她應該根本不在意。

「我可不這麼認為。」靖貴小聲回答，久美子樂不可支地看著他。

「那你路上小心。」

「喔……好，希望妳剪髮順利。」

「嗯，那就改天……下週見？」

他們相互揮手道別。乾爽的秋風吹動久美子的頭髮，靖貴小聲打了個噴嚏。

「謝謝老師輔導我這麼久。」惠麻向老師道謝後走出教室，她發現除了自己以外，教室內的學生都已經走光。

今天很晚才離開補習班。因為老師提早下課，所以她就去向老師請教英文的假設語氣的過去式和過去完成式有什麼不同。於是老師就從「假設語氣是什麼」這個問題開始說明，結果她比平時下課時間晚了三十五分鐘才走出補習班。

聽了老師的說明，她終於清楚瞭解了……但一看手錶，已經快九點半了，平時下課後搭的那班電車早就離開，下一班車可能也趕不上了。

惠麻已經沒有力氣加快腳步，她走進路旁的便利商店取暖，同時去填一下肚子。她買了熱奶茶放進口袋取暖，等稍微涼一點再喝，再度走向車站。

……今天沒機會和飯島聊天了。平時都是自己先下課，他應該已經回家了。

惠麻想起了上上個星期的星期三，精神抖擻地出現在自己和飯島面前的老同學，以及和她之間的談話。

飯島住得離補習班比較近，那天他向她們打招呼：「那我先下車了。」然後就先下車。飯島住的地方是住宅區，所以有很多乘客都和他一起下車。

車門關上後，電車繼續行駛在夜晚的街道。雖然車廂內並不至於空蕩蕩，但少了很多人，久美子誇張地嘆口氣。

『男女合校真不錯，有很多機會，真讓人羨慕。』

『啊？』

惠麻目瞪口呆，不知道她在說什麼。久美子看著她呆若木雞的樣子，露出笑容說：

『妳是不是和剛才的男生在交往？』

『什麼！？』

惠麻忍不住驚叫，久美子立刻叫她小聲點。但久美子在說什麼鬼話？

『妳在說什麼啊？怎麼可能嘛？』

惠麻尖聲反駁。久美子的想法太離譜了，惠麻無法保持冷靜。

自己和飯島在交往？她的眼睛是不是有問題，所以才會覺得自己和飯島是這種關係？更何況飯島根本就是不解風情的宅男，對自己沒有絲毫的興趣。雖然和他說話，他會回答，也不會明顯躲避自己，但之前就一直覺得他可以表現得更熱絡一點。

更何況自己喜歡成熟、有包容力的男生，絕對不可能喜歡那種呆頭呆腦，感覺沒肩膀的男生。

久美子納悶地歪著頭，竟然又說了更離譜的話。

『所以是還沒有告白嗎？』

『……啊？』

開什麼玩笑！惠麻差點這麼說。自己根本沒打算告白，而且也從來沒有把飯島視為異性，只是因為和他在一起時，感覺心情很平靜，所以有時候想和他在一起，聊一些在學校時無法說的垃圾話。

『完全不是妳想的那樣！我們就只是同學而已！』

『是嗎？』

『當然啊！本來就是這樣！』

惠麻用有點嚴厲的語氣明確回答，久美子才終於瞭解狀況，輕輕點頭。

『這樣啊……那他現在沒有女朋友嗎？』

『……他怎麼可能有女朋友？根本沒有女生喜歡他。』

無論是同一個小圈圈的朋友，還是班上的其他女生，她都從來沒有聽到有人說「飯島很不錯」這種話。飯島長相普通，穿著打扮很不起眼，很少和女生說話，而且平時總是駝著背，渾身都散發著宅味，如果有人喜歡他才奇怪。

他曾經幫過自己，還保護過學妹，算是很有男人味的好人，但為了避免別人八卦，所以惠麻從來沒有向別人提過這件事。

久美子重新抱好放在腿上的書包，微微向前探出身體問：

『那如果我下次再遇到他，可不可以問他：「如果你覺得我OK的話，要不要我當你的女朋友？」』

『呃……』

久美子突如其來的發言，讓惠麻說不出話。

她完全沒有想到久美子竟然會這麼說。剛才強調飯島「沒有人喜歡」似乎產生了反效果。

惠麻用力壓低聲音，以免久美子察覺到自己的聲音在發抖。

『我勸妳還是打消這個念頭……』

『為什麼？我們志趣相投，又是同年紀，妳不覺得是天賜良緣嗎？』

『但他外表長那樣啊。』

『啊？他的長相是我的菜，我就是喜歡那種看起來人很好的男生。』

久美子讀女校多年，和平時整天和男生打交道的惠麻對男生的評價標準不太一樣。飯島是宅男，女生根本都不理他，但是惠麻因此發現，一旦離開學校，這種等級排列完全失去了意義。

自己沒有和飯島交往，也沒有權利破壞久美子的戀愛，而且應該祝福朋友得到幸福。

雖然是這樣——但惠麻內心很焦急，什麼話都說不出來。久美子探頭看著她的臉，好像在循循善誘般問她：

『惠麻，既然妳會和他聊天，所以並不討厭他，對嗎？』

自己並不討厭飯島。雖然他的外表並不帥，但很親切，心地很善良。和他聊天時，他的回答總是很獨特，所以聊天很開心。而且他和久美子在音樂方面的興趣相同，越想越覺得他們兩個人真的很適合。

『嗯，的確不討厭……』

惠麻在喃喃低語後低下頭。但是……如果飯島和久美子交往，就會很傷腦筋。自己不想看到他們交往，也無法聲援他們的戀情，希望久美子只是心血來潮。

惠麻覺得肺部後方隱隱作痛，耳朵嗡嗡作響。在下電車之前，都不敢正視久美子。

上個星期一，自己把久美子的電子郵件信箱告訴飯島後，隔天晚上，久美子就歡天喜地傳來訊息「我和飯島約了星期六見面」。

「太好了。」雖然惠麻回了四平八穩的訊息，但不安和煩躁在內心翻騰不已，晚上也沒睡好。

隔天惠麻因為PMS（經前症候群），導致了最近很少發生的偏頭痛。也許是前一天久美子傳來的訊息導致她的壓力爆炸，最後她沒有力氣去補習班上課，留在家裡休息。

雖然在學校時會遇到飯島，但總覺得如果和他說話，他會說一些莫名其妙的話，她不想讓自己丟臉，所以比之前更加避著他。

星期六下午三點左右，她打起精神，翻開題庫試題準備「來複習功課！」，但手機收到了一則訊息。

誰的訊息？她拿出手機一看，發現是久美子傳來的訊息。「準備來約會。沒想到他穿便服有點帥！？」除了文字以外，還附了一張看起來像是在不遠處偷拍飯島的照片。

……我知道。我早就知道飯島其實一點都不土，而且他只要稍微用心打扮一下，應該會有很多女生喜歡他。之前一直很納悶，為什麼沒有人察覺這件事，但現在真的有人發現了，又覺得懊惱不已。

此時此刻，久美子把那件事告訴飯島了嗎？惠麻滿腦子想著這件事，看著題庫上的閱讀理解問題，反覆看著同一個段落；做自己擅長的因式分解時，也找不到公因式，結果寫錯了，連續發生以前不可能犯的錯誤。

（不管他們兩個人交不交往，都和我沒有關係。）

即使她這麼告訴自己，仍然無法專心。

最後，惠麻只複習一小時左右就放棄了。她把手機關機，悶悶不樂地睡覺了。

……那天之後，久美子完全沒有和惠麻聯絡，飯島仍和以前一樣，在學校時從來不和自己說話。

既然他們秘而不宣，就代表有什麼隱情。惠麻越想越害怕，無法主動去確認這件事。

她拿著奶茶，從西口走進驗票口，走向東房線下行列車的月台。今天這麼晚了，不需要等飯島，所以不需要走去靠東口的位置搭車。

她低著頭，慢慢走下階梯。當她走完最後一級階梯，來到月台的瞬間，就聽到有人叫自己的名字。

「北岡！」

她驚訝地抬起頭。坐在眼前長椅上的人影緩緩動了一下，然後迎面走來。

怎麼可能？她的心跳加速，但是自己不可能看錯，而且那個聲音很熟悉。

惠麻愣在原地無法動彈，那個人在她面前停下腳步，有點困窘地抓了抓頭說：

「我還以為妳不來了。」

飯島說完，微微揚起嘴角。看到他笨拙的笑容，惠麻突然鼻酸，眼淚差一點流下來。

惠麻不知道該如何回答，只能陷入沉默。因為平時向來都是自己先到，在這裡等他下課，完全沒有想到飯島竟然會等自己。

雖然很高興，但這並非內心唯一的感情。他可能已經和久美子之間建立了某種關係，這麼一想，就覺得不能顯出自己很高興。

惠麻露出了複雜的表情，飯島繼續面帶笑容地補充說：「妳上個星期也沒來。」

……所以，飯島上個星期也曾經等自己嗎？雖然知道他並不是在挖苦，但還是覺得他的言下之意，好像是自己放了他鴿子。

我又沒有和你約好要一起回家。惠麻差點脫口這麼說，但一旦說這種話，下次自己晚下課時，他就會自己先回家。惠麻不希望這樣，所以忍住回嗆的話，低頭說了實話。

「我上星期身體不太舒服，回家休息了……」

飯島聽了，沒有很驚訝，只是點點頭問惠麻：

「是嗎？現在沒問題了嗎？」

……他為什麼這麼好脾氣？上個星期明明白等了一場，非但沒有責怪自己，反而擔心自己的身體。而且自己每天都去上學，他應該知道自己不可能生什麼嚴重的病。他的腦筋是不是有點不靈光？惠麻在這麼想的同時，飯島的溫柔體貼也讓她痛苦。

「嗯，完全沒問題，很快就好了……」

「這樣啊，太好了。」

飯島說完，又輕輕笑了笑。

慘了，照這樣下去，自己恐怕會當真。他為什麼明明對自己沒有興趣，卻說這些讓人心慌意亂的話？

（他明明不喜歡我。）

惠麻想到這裡，又快哭出來了。她不想讓飯島察覺，慌忙低下頭，吸吸鼻子。

離下一班電車進站還有一段時間，他們在飯島剛才坐的座位上一起坐下。雖然不時有冷風吹來，但不知道是否因為緊張的關係，所以並不覺得冷。

飯島——他為什麼在這裡等自己？他到底有什麼打算？也許他有什麼話想對

自己說，而且是關於他自己的事。

基本上，無論他和誰交往，都和自己沒有關係，但如果對方是自己的好朋友，的確需要向自己打一聲招呼，所以他想和自己說話。

一旦這麼想，就想不到其他理由，惠麻終於忍不住主動開口問他：

「聽說你星期六和久美子見了面？」

「嗯嗯，久美子跟妳說的嗎？」

飯島回答，他似乎完全不打算隱瞞……他果然想提這件事嗎？

「……你覺得怎麼樣？」

惠麻帶著愕然的心情注視著飯島的側臉，他的嘴角突然浮現笑容。

「嗯，她人很好，她很擔心妳。」

惠麻不希望他用「好人」這種模糊的說法來掩飾真心。自己很清楚久美子是一個很出色的人，但自己不想聽這些，而是想知道他們見面那天到底發生什麼事。

「……你們交往了嗎？」

「什麼？」

飯島一臉錯愕看著惠麻。事到如今，再裝糊塗也已經無濟於事，久美子已經告訴自己了。惠麻對飯島的態度有點不耐煩。

「我是問你和久美子是不是已經成為男女朋友了？」

雖然單刀直入地問，但語尾的聲音有點發抖，有點聽不太清楚。

飯島噗哧一聲笑出來，他捂著嘴，笑得上氣不接下氣。

「你在笑什麼？」

「沒有啦……現實生活充實的人的想法果然不一樣。」

……這句話是什麼意思？惠麻板著臉，愣愣地看著他，飯島笑著回答說：

「我怎麼可能和她交往？那麼帥氣的女生，怎麼可能把我放在眼裡？我只是把DVD交給她，然後稍微聊了一會兒就回家了。」

「呃……」

「她說『我等一下要去剪頭髮』，不知道是不是真的，我覺得她的頭髮根本不長啊。」

惠麻聽了，忍不住有點洩氣，差一點笑出來。自己忐忑不安了這麼久，顯然是杞人憂天。總之，目前沒有發生任何狀況，暫時可以安心。

說句公道話，飯島並不見得不如久美子，完全不需要那麼謙虛。所以久美子那天是在開玩笑嗎？還是覺得「時機沒有成熟」？雖然惠麻不太清楚，但既然飯島說久美子「怎麼可能把我放在眼裡」，代表久美子完全沒有對他說任何暗示性的話。

「喔喔，原來是這樣啊。」惠麻隨口附和著，戴著眼鏡的飯島瞇起眼睛嘀咕說：

「而且她說自己是女同志。」

「什麼！？」

「雖然她又笑著說是開玩笑，但我當時竟然當真了。」

惠麻剛才也當真了。久美子真是太惡劣，真希望她不要亂開玩笑，快被她嚇死了。

他們聊到一半時，月台上響起電車即將進站的廣播，下行電車很快發出轟隆轟隆的聲音駛進了月台。

車門打開後上車，溫暖的車廂角落有兩個空位，惠麻坐下，飯島很自然地在她身旁坐下。

這是兩個星期以來，兩人第一次近距離接觸。不知道為什麼，今天這樣的近距離讓惠麻心跳加速。

車門關上，電車出發後，飯島繼續說道：

「久美子說，下個星期會來參加我們的文化祭。」

「喔……這樣啊。」

「她沒有告訴妳嗎？」

「還沒有。」

星期六之後，就沒有和久美子聯絡，之前聯絡時聊的是其他事，所以惠麻完全不知道這件事。

惠麻覺得有一點遭到排斥的感覺，覺得很不高興，不禁皺起眉頭。

「……因為她家住得很近，所以來打發時間嗎？」

也可能是想和飯島見面。

惠麻再次不悅，忍不住說出這種有點討人厭的話，但飯島毫不在意，根本沒有放在心上。

「我認為應該不是這樣，她也是考生，一定是想和妳見面。」

「……是嗎？」

「當然是啊，她都一直在聊妳的事，我聽了之後，強烈地覺得『她應該很喜歡北岡』。」

……我有什麼事可以讓她一直聊？雖然很好奇，但飯島難得一直笑容滿面，所以她決定不問這種破壞氣氛的問題。

她偷偷看向飯島，觀察他的長相。發現他下巴的線條很俐落，皮膚沒曬得很黑。兩道濃眉下是一雙瞇眼，笑的時候，就連眼睛都看不到了，但是他揚起的嘴角讓他看上去不會太嚴肅。雖然整體感覺斯文，略帶土味，但只要那頭濃密的天然捲頭髮稍微整理一下，外表應該不算太差。不，不是「不算太差」，而是絕對不差，就連久美子也察覺了這件事，稱讚他的長相「是我的菜」。

她完全無法想像自己主動對飯島說「我們來交往」這種情況，但自己的確並不討厭他，也不時想像「如果飯島向自己表白，自己不見得不會點頭答應……」。只不過經過這次的事，終於發現如果要等這個遲鈍的男生採取行動，很可能會錯失良機。自己不想看到飯島被其他女生搶走，雖然久美子是自己從小到大的好朋友，很照顧自己，自己也很喜歡她，但即使是久美子，自己也不願意把飯島讓給她。幸好久美子這次只是開玩笑，如果不趕快採取行動，即使很快出現第二個、第三個久美子並不足為奇。

只不過事到如今，自己突然改變態度也很奇怪。飯島的反應完全無法預測，之前對他說「希望你去買手機，這樣就可以隨時聯絡」，結果他竟然懷疑自己和電信公司勾結。反正自己無論說什麼、做什麼，他都會想歪，他的思考模式簡直太詭異，如果突然向他撒嬌，他很可能會懷疑「是不是有什麼陰謀？」而感到掃興，所以自己遲遲無法踏出下一步。

想要縮短和飯島之間的距離，到底該進還是該退？惠麻從來沒有遇過這種對自己缺乏自信的男生，她絞盡腦汁陷入煩惱，不知道該如何採取行動。

惠麻嘆了一口氣。今天下課的時間比平時晚，而且還為很多事操心，頓時覺得全身疲勞。算了，暫時不去想這些事。

「……我累了，要稍微睡一下。」

惠麻說，飯島立刻在腿上的背包裡翻找同時說：

「嗯，好啊。」

飯島拿出小型數位隨身聽，立刻把耳機塞進耳朵。他似乎打算在惠麻睡覺時聽音樂打發時間。

惠麻搞不懂飯島的想法，但幸好他沒有和久美子在一起。至少暫時還可以繼續坐在自己身旁，只和自己有說有笑。

惠麻閉上眼睛，低下頭裝睡，然後趁著電車用力搖晃時，假裝不小心靠向飯島的方向。

惠麻的頭靠在身穿制服的飯島肩上，但他可能不想吵醒正在睡覺的惠麻，並沒有任何反應。惠麻感到很幸福，真心覺得其他事都不重要。

飯島的耳機中傳來喀嘎喀嘎的聲音，這是蘇短樂團的歌曲嗎？聽起來很有節奏感，旋律似乎不錯。

「下次我也來聽聽看。」——惠麻這麼想著，不知不覺中真的睡著了。

謊言和真心話嘉年華

在校舍門口簡單點名代替班會後，靖貴走去位在四樓的三年B班教室。

三年B班和靖貴所在的F班一樣，並沒有參加這一屆的文化祭，所以鄉土地理研究會就借用了B班的教室，作為成果發表會的展示空間。

今天是星期天，文化祭第二天。昨天一整天只開放校內學生參觀，今天校外人士也可以進入學校參觀，所以沿途遇到的學生個個都卯足全力展現自我，已經有人變裝結隊而行。

靖貴來到鄉地研的展示教室時，學弟妹已經都到齊。鄉地研是不起眼的社團，社團的成員也都很文靜，但是所有人都穿上相同的T恤（胸前印著「I♥NS」，背後印了「你熱愛自己的家鄉嗎？鄉地研」的藍色T恤），立刻變得士氣高昂，就連平時很內向消極的學弟妹都相互打鬧、拍照，笑聲不斷。

靖貴把鄉地研的T恤穿在黑色長T恤外，看起來三十歲左右的校友拿了一個很大的布巾包裹走進教室。

「各位久等了。千葉婆駕到。」

這位多年前畢業的學長打開包巾，最先看到垂著耳朵的黃色兔子腦袋。

「哇！」教室內頓時響起歡呼聲。

「妳看妳看！真的是千葉婆欸！」

一個女生興奮地拍著另一個女生的肩膀說道，她似乎很喜歡這隻兔子。雖然「千葉婆」還不夠知名，但有人這麼喜歡，相信當初的設計者會很欣慰。

鄉地研內個子比較矮的男生穿上千葉婆的人偶裝。因為千葉婆是「兔子婆婆」，所以還要在人偶裝外穿著長袖圍裙。

套上頭套後，千葉婆的造型就完成了。大家立刻圍著千葉婆開始拍照，學長也一臉得意地看著大家。

不一會兒，廣播中傳來了宣布文化祭開始的通知，不知道哪裡傳來了「喔喔喔喔喔喔！」的大叫聲。

靖貴不經意地看向教室外，發現天空中飄著五顏六色的氣球，鮮豔的圓氣球飄向四面八方，漸漸消失在飄著雲朵的天空中。

「飯島學長，請你和千葉婆一起去發宣傳單。」

現任社長把一疊黃色道林紙交給靖貴，宣傳單上除了粗略介紹展示物以外，還寫上「千葉婆合影會」的舉辦時間。每天在鄉地研的教室安排三次合影會，每次都三十分鐘左右。

靖貴牽著視野不佳的千葉婆的手，緩緩走下樓梯。想到千葉婆人偶服裡面是一個矮胖的學弟，就覺得有點奇怪，但沿途遇到好幾個女生都指著千葉婆說「好可愛」。

他們走出校舍入口，和其他社團的人一起發宣傳單。旁邊有人在進行花式氣球表演，也有人表演雜技。他們的表演很厲害，靖貴的目光忍不住被吸引過去。

開始發宣傳單後，雖然有些人很沒有同理心，接過之後就隨手丟棄，但在旁邊努力賣萌的千葉婆頗受好評。有人要求合影，不時被團團圍住，當看到有小孩子時，學弟就拿出放在長袖圍裙內的糖果送給他們，小孩子都歡呼著「謝謝兔子娃娃！」

但是，當宣傳單還剩下一半時，身旁的可愛兔子發出了和外表完全不相符的粗獷聲音。

「飯島學長……我吃不消了……」

這也難怪，因為穿著人偶裝的學弟應觀眾要求，擺出各種姿勢，還又蹦又跳地跳舞，玩得太瘋了，靖貴剛才就忍不住想，千葉婆的角色設定是「婆婆」，應該表現得更符合角色本身的感覺。

那就先回教室。靖貴正準備這麼提議，校門的方向傳來了熟悉的叫聲。

「啊，飯島！」

回頭一看，果然是久美子站在那裡。她快步走過來後，露出可以稱為「磯貝笑」的滿面笑容。

「你在幹什麼？發宣傳單嗎？」

「嗯，是啊，邀請大家去參加我們社團的成果發表，也給妳一張。」

靖貴遞給久美子一張宣傳單，她好奇地接下，從意外的角度表達感想：「版面設計很有品味。」

久美子今天穿了一件大地色的長開襟衫搭配緊身牛仔褲，褲腳塞在長靴內。雖然一身衣服的顏色並不鮮豔，但整體搭配更加襯托出她的好身材，站在那裡就可以吸引別人的目光。久美子站在靖貴身旁時，幾乎和他差不多高，她在女生中應該算是高個子。

上個星期見到她時，她還是瀏海和側面頭髮相同長度的鮑伯頭，今天的瀏海剪到齊眉的長度，變成所謂的「齊瀏海」髮型。

「妳剪了瀏海。」

「對啊！上個星期和你見面後，我不是去剪頭髮嗎？就是那時候剪的，好看嗎？」久美子問。

「我覺得很不錯啊。」靖貴四平八穩地回答。久美子聽到之後笑了笑，在斜揹在身上的皮包內開始翻找。

「我和惠麻約了見面，但她還沒有到，所以我先把這個交給你。給你！」

她把反射了彩虹色的光碟遞給靖貴，標籤上沒有看到「SSH」這幾個字，所以並不是之前給她的那張DVD。

「這是什麼？」

「這是回禮，謝謝你上次送我的DVD。我回家看了之後超感動，覺得一定要好好謝謝你。」

「啊，不好意思，讓妳費心了，謝謝。」

她上次已經請自己喝咖啡，根本不需要這麼鄭重道謝，但同樣身為蘇短的歌迷，彼此深入交流也不錯。靖貴道謝後收下。

「裡面是什麼？」

「蘇短在獨立音樂人時代的歌曲，和曾經在官網公開的試聽歌曲，還有……」

「啊，找到了、找到了！久美子！」

久美子的話還沒有說完，就聽到有人叫她的名字，她轉頭看向後方。

身穿制服的北岡從久美子身後跑過來，裙子也跟著飄揚起來。手上拿了兩支不知道去哪裡買的棉花糖。

「對不起，妳等很久了嗎？」北岡問。

久美子聽了，用力搖著頭說：

「沒有，完全沒有。其實這是我第一次來南高，有點緊張。」

「是嗎？妳家不就在這附近嗎？」

「去年和前年，剛好和我們學校舉辦文化祭的日子重疊，所以我沒辦法來參加。」

她們開心地聊了一陣子，北岡才終於發現靖貴和他身旁穿著人偶裝的吉祥物。「啊！」她瞪大眼睛，握著久美子的手，用力上下搖晃著。

「久美子，妳看、妳看！千葉婆在揮手欸！」

北岡笑逐顏開，靖貴從來沒有看過她這種表情。他第一次看到向來很慵懶的北岡這麼興奮，她顯然很喜歡千葉婆。

「哇！太可愛了，超可愛！」

「是不是很可愛？它在在地吉祥物中的名次應該更前面才對啊。」

「我初中的時候也曾經把千葉婆的吊飾掛在書包上，咦？現在去哪裡了？」

北岡摸著千葉婆的頭，幾乎快抱上去。千葉婆可能也很高興，一下子和她握手，一下子踩著輕盈的舞步，做出可愛的動作回應。

北岡突然轉身面對靖貴問：

「裡面是誰？」

不知道是因為今天是節慶活動，所以她心情很好，還是因為久美子也在場，北岡用和在校外見面時相同的態度對靖貴說話，靖貴驚訝地愣了一下。

沒想到她問的話太現實了。靖貴皺著眉頭回答：

「妳在說什麼啊，千葉婆裡面怎麼可能有人？」

「所以你不會扮千葉婆嗎？」

「不會啊，都是一、二年級的學弟、妹輪流……」

「我就知道有人在裡面。算了，這不重要，我們先來拍照留念。」

「好啊。」久美子回答。反正又要我當攝影師。靖貴這麼想，北岡果然把手機交給他說：「麻煩一下。」

他後退五公尺，尋找可以讓她們兩個人和千葉婆都入鏡的角度。

「好，笑一個。」

北岡和久美子站在千葉婆兩側比出勝利的手勢，靖貴拍完後，把手機交還給北岡。久美子怯生生地問：「也可以用我的手機拍一張嗎？」靖貴答應了。

他再次重複剛才的動作，久美子說了聲「謝謝」，從靖貴手上接過手機，北岡立刻拉著久美子的開襟衫說：

「三十分時，體育館會舉辦猜謎比賽，我們趕快去。」

「啊……好啊。飯島，那我晚一點去參觀你們社團。」

「那我們先走了。千葉婆，拜拜。」

她們笑著揮手道別。

靖貴目送著她們宛如一陣暴風雨般離去的背影，重重地嘆口氣。

沒想到身旁的千葉婆也發出帶著急促呼吸的粗獷聲音。

「學長，她們是你的好朋友嗎？」

靖貴大吃一驚，忍不住撇著嘴角說：

「她們……是我同班同學，和她的朋友。」

靖貴想起久美子出現之前，他和學弟說好要去休息。學弟累壞了，卻因為自己的關係，耽誤他的休息。「對不起，那我們回教室休息。」靖貴正打算推他的後背離開，沒想到千葉婆喃喃說著出人意料的話。

「真羨慕啊……我也想和她們當朋友……」

沒想到學弟竟然表達了這種感想。靖貴頓時洩氣。千葉婆（扮演千葉婆的學弟）被兩個女神等級的美女捧在手心，簡直心花怒放。他（？）也和靖貴一樣，過著絲毫不精采的灰色人生，所以靖貴很瞭解他的心情……

「我和她們沒有那麼要好。」雖然靖貴澄清，但學弟完全聽不進去。靖貴懶得繼續解釋，決定帶千葉婆回去鄉地研的教室。

「小心不要跌倒。」

「好……」

校舍內一片喧譁，他牽著千葉婆的手回到三年B班的教室。千葉婆以迅雷不及掩耳之勢衝到展示板後方，拿下頭套，脫下人偶裝。

「啊，累死我了……」

人偶裝似乎很不透氣，雖然目前的天氣還有點冷，但學弟的脖子和後背都是汗水。

剛好在教室內的二年級學妹主動要求：「接下來換我吧！」她似乎對自己的體力很有自信，戴上頭套後說：「比我想像中輕。」她的腰腿應該比剛才的學弟更有力。

學妹交代說：「我會在合影時間之前回來，在此之前，會好好宣傳鄉地研！」然後就和另一個學妹一起離開了。

「好閒啊……」

坐在靖貴身旁的女生說。她叫田村奈奈美，和靖貴一樣，都是三年級的學生。其實他們是初中同學。

一年級和二年級的學弟妹各自的班級都有表演的節目，再加上有些人還同時參加其他社團，所以大部分時間都由靖貴和田村等三年級學生負責鄉地研的攤位（雖然並非攤位，但為了方便起見這麼稱呼）。

除了合影時間以外，並沒有什麼特別的事可做，但偶爾會有參觀者要求解說，而且如果完全沒有人顧攤，擔心會有不良分子聚集，所以靖貴等鄉地研的人必須在教室內坐鎮。

但是，這三十分鐘完全沒有任何人進來參觀，雖然偶爾有人從敞開的教室門探頭向內張望，但發現展示的內容是「南總地區的變遷暨目前的產業」，就失去興趣，轉身離開。

靖貴正在解答作為資料使用的市政宣傳雜誌上的數獨題，不過也快做完了。田村沒有帶任何東西來這裡，無所事事，閒得無聊。

「每年的展示內容都大同小異，這也是無可奈何的事。」

靖貴語帶安慰地說，田村似乎充耳不聞，繼續發著牢騷。

「早知道應該帶漫畫來。」

她誇張地打個呵欠後趴在桌上。田村向來是一個以自我為中心，傲慢自大的女生。

初中一年級時，靖貴和她同班，田村當時就很高大，而且功課很好，經常嘲笑個子矮小，個性內向的靖貴「你是白痴嗎？」之後靖貴漸漸追上她的身高，還進入了同一所高中，但田村在校內的成績排名仍然令他望塵莫及。不知道是否因為以前就認識的關係，田村至今面對靖貴時，仍然會擺出一副高高在上的態度。

田村的外表並不起眼，穿的裙子很長，靖貴認為她和自己屬於同一種類型，但她說話不會拐彎抹角，總是直話直說，所以是靖貴唯一可以輕鬆聊天的對象。

「我說飯飯，真的需要兩個人顧攤嗎？你不覺得一個人就足夠了嗎？」

田村托腮問道。「飯飯」是靖貴在初中時的綽號，由「飯島」↓「飯飯」變化而來。目前除了田村以外，沒有人叫他這個綽號。

「……如果妳想去別的地方，可以去啊。」

靖貴很體諒地說，田村把頭轉到一旁嘀咕說：

「也不是這樣啦……」

兩人再度無話可說。幾秒鐘後，田村站起來，椅子發出喀答喀答的聲音。

「我還是出去晃晃。」

「好啊好啊。」

靖貴說完，目送田村離去。雖然田村是「可以輕鬆聊天的對象」，但比起和女生獨處一室，一個人當然更輕鬆，可以做自己想做的事。

靖貴的心情完全放鬆，從黑板旁的隱藏收納櫃中拿出練習英語聽力的錄音機。每個教室都有一台。

他插好電源，把自己的數位隨身聽連在錄音機上。既然沒有人來參觀，在這裡聽音樂也沒關係。

教室內響起他喜愛的音樂，他覺得就像「一人DJ」。他莫名高興，情緒高漲，隨著歌聲開始唱「對不起，我很笨拙♪」，這時，一名年輕女子突然走進教室。

「請問……這裡在展示什麼？」

自己的糗樣被人看到了。靖貴羞得面紅耳赤，但那名女子似乎並不在意，筆直走進來。

她看起來二十出頭，和比靖貴大四歲的姊姊差不多大，或是比姊姊稍微大一點。一頭齊肩的黑髮很有特色，穿著深藍色開襟衫，臉上化著淡妝，雖然外型並不亮麗，但看起來是溫和樸素的女人。

「呃，這裡是鄉土地理研究會……」

靖貴打起精神，向她介紹社團的活動內容、歷史和這次展示內容的概要、宗旨。那個女人一臉嚴肅地聽著說明，不時「嗯、嗯」點頭，看了展示的內容後，不時發問：「這是什麼時候的照片？」「這個人現在幾歲？」

她在「市町村的環境對策」的展示牌前停下腳步，指著市區內焚化爐的大型彩色照片說：

「啊，環境中心，好懷念啊，小學社會課時曾經去那裡戶外教學。」

「是喔。」靖貴不由得佩服。光看這張照片就知道哪裡，顯然很熟悉這一帶的情況。

「請問妳是本地人嗎？」

「嗯嗯，我之前讀附近的高師小學。」

她笑著指向窗外。從這裡到高師小學的直線距離大約一公里左右。她是如假包換的本地人。

她吐了一口氣後，再度仔細打量著展示板。

「好棒喔，這種採訪很好玩，你們的社團很有趣。」

……靖貴覺得並沒有她說的那麼好。靖貴當初只是基於「社團活動的日子很少，所以很輕鬆」這個理由選擇這個社團，並不是對鄉土或是地理有興趣。而且社團的人數很少，絕對不是受歡迎的社團。

「不，我們社團很無聊。」靖貴謙虛地表示，那個女人很意外地歪著頭，仰望著靖貴說：

「是嗎？如果我以前讀這所高中，就會參加這個社團。」

「咦？妳不是我們學校畢業的嗎？」

靖貴忍不住問。

來參加高中文化祭的社會人士或是大學生幾乎都是學校的畢業生，而且她又是本地人，靖貴以為她也是校友。

她滿不在乎地回答說：

「嗯，當時我曾經報考這所學校，可惜沒考上。」

靖貴立刻後悔不已，覺得早知道不該問這個問題。現在對她笑很失禮，但表示同情又很奇怪，他不知道該如何回答，女人仍然滿面笑容地說：

「但我妹妹目前是這裡三年級的學生。」

所以她妹妹和靖貴同年級。

……她妹妹是誰呢？雖然很好奇，但即使問了，也可能並不認識。三年級的女生有三位數，他當然不可能認識每一個女生。

「這樣啊。」靖貴打算搪塞過去，後門那裡傳來一個很有精神的聲音。

「啊，理彩！」

靖貴聽到聲音，立刻轉頭看過去，發現木村晉兩條長腿邁著大步走過來。

木村站在女人身旁後，忍不住眉開眼笑地低頭看著她，完全就是癡迷的表情。

（所以說……）

靖貴驚訝地看著他們兩個人。

（這個人是北岡的姊姊？）

『他小時候就很喜歡我姊姊，整天叫著『理彩、理彩』……』

北岡之前提到木村時，曾經這麼說。木村剛才叫她「理彩」，所以應該可以認為北岡口中的「我姊姊」就是這個女人。

但是靖貴有點難以相信。因為眼前這個女人溫柔婉約，和外型亮麗，讓人不敢輕易靠近的北岡完全不同。

仔細觀察後，發現她們兩姊妹又細又挺的鼻子和巴掌大的臉部輪廓很像，但姊姊的眼睛是內雙，妹妹很深的雙眼皮令人印象深刻，也許是因為這個原因，乍看之下覺得她們「長得不像」。

「原來妳在這裡，我找了妳半天。」木村發著牢騷，北岡的姊姊用柔和的語氣回答說：「對不起，我打算看完這裡再打電話給你。」從他們簡短的對話中可以瞭解，木村在北岡姊姊面前很孩子氣，她也並不討厭木村。

「啊，大多喜香草園，小學遠足時去過。」

「我們學校沒有去，下次我們一起去。」

他們看著展示板聊著天，靖貴完全就像是多餘的存在。

（他們好像進入了兩人世界……）

他們根本不需要在自己面前曬恩愛。呿！這裡是我們社團的地盤。靖貴在心裡咒罵時，木村突然轉頭看著他說：

「啊，對了，理彩，這個人就是飯島。」

靖貴突然被木村點到名，愣在原地。既然他說到自己時說「這個人」，難道曾經在理彩面前提過自己？

但是，他們並不同班，而且幾乎不認識……靖貴陷入混亂，北岡姊姊恍然大悟地說：

「啊！就是在球類比賽時，被界外球打到頭的那位！」

靖貴聽到這句話，立刻羞紅臉。木村這個王八蛋，為什麼把這種事情告訴她？根本不需要到處宣揚自己的糗事。你精神抖擻地來救我，當然很帥，很值得吹噓……

靖貴低著頭，無聲地咒罵著對木村的怨恨，北岡姊姊突然出現在他的視野中。

「你真偉大，竟然為了保護女生不惜自己受傷。」

「呃……」

「你的頭已經沒問題了嗎？」

「呃……對，完全沒事了。」

靖貴沒想到會聽到稱讚，而且北岡姊姊的臉和他靠得很近，他不禁慌神。他嚇得後退了一步，北岡姊姊仍然帶著平靜的笑容說：

「我小時候也超遲鈍，經常受傷，所以很瞭解你的心情。不久之前也被車門夾到手指，結果去了醫院。」

「這……這樣啊。」

「我們都要小心點。」

她的話音剛落，木村立刻把手放在她的肩上吐槽說：「理彩，飯島沒事啦。」

兩個人哈哈大笑。靖貴看到他們親密無間的樣子，忍不住深有感慨。

（北岡……妳根本不是妳姊姊的對手。）

雖然妹妹惠麻的容貌比較出色，但姊姊的人品或者說大氣，不僅足以彌補容貌上的不足，而且還綽綽有餘。剛才自己無地自容時，她也用自己的失敗經驗，為自己化解了尷尬。該怎麼說，她懂得如何讓身邊的人放鬆心情。靖貴能夠理解木村為什麼對她如此著迷。

靖貴不僅想起了妹妹北岡的臭臉，想像著「她如果可以有她姊姊十分之一的笑容就好了」，木村開了口：

「對了，輕音樂社四點在體育館有現場表演。」

靖貴聽到他說話，回過了神。

「啊，啊啊……」

「今年有吉他和合唱，如果你有興趣，可以來看看。」

這傢伙還會彈吉他嗎？內心自卑感再度隱隱刺激著靖貴。

但是像木村這種帥哥，即使沒有這方面的才藝，只要笑一笑，女生就會怦然心動。他剛才的邀請只是客套，一定對很多人說同樣的話。

「我知道了……我想應該可以去。」

靖貴難以拒絕，只能含糊回答，木村和北岡姊姊兩個人分別說著「謝謝」、

「太好了」，然後又相視而笑。

靖貴再度心跳加速，好幾次忍不住要求自己「鎮定」。

之後，其他人來輪班後，他離開教室，在學校內閒晃（田村直到最後都沒有回來。靖貴早就料到，對這件事也沒有什麼特別的感想）。

走在熟悉的走廊上，靖貴突然想到一件事。他幾乎從來沒有去參加過其他學校的文化祭，所以無從比較，但他發現今天遇到扮女裝的男生機率很高。雖說都稱為扮女裝，但有的穿護士服或是公主禮服，有的只是向女生借制服穿在身上，至於扮裝的完成度也各不相同，有的連腿毛都沒有刮，整體感覺很粗糙，有的連化妝都無懈可擊，簡直千差萬別。總之，因為看到太多扮女裝的男生，他有點為同學的未來擔心。

靖貴去找克也，克也正在掛著「桃園CLUB」牌子的二年級教室內，和同年級的男生在打麻將。誰同意可以在學校打麻將？靖貴納悶，但這所高中的校風自由是「賣點」。仔細一看，發現三年級的學年主任在另一桌上說著「碰」、「吃」，和其他大人一起洗牌。

靖貴問克也：「你女朋友不來玩嗎？」克也立刻回答說：「她的學校也是今天舉辦文化祭。」不知道克也是否想要借玩消愁，他似乎玩得很投入。靖貴完全不懂打麻將的規則，看了兩圈後就離開。

他再度置身於文化祭的喧鬧中，吃了點東西，去看了舞台劇和其他社團拍攝的影片，然後約了交情不錯的同學一起去玩了遊戲機，時間一下子就過去了。

他好幾次看到久美子和北岡，但久美子正在和像是她初中同學的學生在聊天，北岡和持田美優在一起，所以他並沒有主動打招呼。

過了正午，下午的時候，校園內的人數比尖峰時間少了一些，賣食物的攤位也都紛紛收攤，雖然有點不捨，但快樂的時光總有結束的時候，至少現在要好好充分感受這種氣氛。

靖貴走去四樓的鄉地研展示教室，準備接班顧攤。

沒想到一走進教室，發現四個學弟妹臉色鐵青地圍著千葉婆的人偶裝在討論什麼。

「但這樣恐怕不行……剛才發了不少宣傳單。」

「現在已經這麼晚了，誰還會特地來這裡？」

「怎麼了？」靖貴問，所有人都同時回頭看他。

「啊，飯島學長！你聽我說，等一下是最後一次『千葉婆合影會』的時間，但沒有人可以穿上人偶裝！」

「沒有人？」

靖貴問，學妹（暫稱為A）用力點著頭。她上午曾經穿上人偶裝在校園內宣傳。

「我等一下要去參加戲劇社的舞台劇，所以不行，想要聯絡其他人和學長姊，電話都打不通。」

「那你們呢？」靖貴問兩名男生（B和C），他們也一臉為難說：

「我們三點過後要去參加相聲決賽！也有職業諧星來觀賽，我們絕對不能輸！」

剩下的D……

「我……體力不好，沒辦法穿上人偶裝……」

四個學弟妹的視線都集中在靖貴身上，雖然他們沒有開口，但靖貴充分感受到他們的想法。靖貴用力嘆了一口氣後回答：

「……好吧，那我來穿。」

四個人高興地拍著手，靖貴見狀，忍不住小聲罵他們：「你們給我記住！」

因為「人偶裝裡異常悶熱」，靖貴便先走去廁所，在洗手台前拿下眼鏡，戴上拋棄式隱形眼鏡。原本買隱形眼鏡是為了游泳時使用，但自從上次在球類比賽中一度找不到眼鏡之後，他就隨時帶在身上，沒想到竟然會在這種時候發揮作用。

回到教室後，學妹D說：「飯島學長，你不戴眼鏡很帥欸。」她現在說這種話，一聽就知道是在奉承，但故意板起臉又很幼稚，所以就隨口附和說：「大家都這麼說。」

他把兩個女生趕出教室後，脫下制服的長褲和上衣，只穿著四角褲和T恤，在學弟的協助下，穿上人偶裝。

他戴上頭套，人偶裝內滿是汗臭味，忍不住想說：「太臭了！」但是不到一分鐘就習慣了，只不過視野很差，也聽不太清楚外面的聲音，而且脖子的部分和身體部分連結得很隱密，無法輕易脫下。

確認順利穿好之後，四個學弟妹鞠躬向他道謝：「謝謝，那就拜託學長了。」靖貴突然想到，沒有參加戲劇社的學妹等一下要幹什麼？但繼續留在這裡，應該也會像田村一樣無聊，為了避免麻煩，他把四名學弟妹都送走了。

靖貴豁出去了，把自己的數位隨身聽連在錄音機上，像上午一樣用大音量播放音樂。他都挑選小眾的歌曲播放。真希望完全不會有人上門。

不知道是否這個策略奏效，當他丟進播放清單中的「難以理解為什麼這首歌不紅的前五名」都播完之後，除了有一名初中女生粗略地看展示牌以外，完全沒有人走進鄉地研的展示空間。

當音樂結束後，他發現外面傳來的喧鬧聲安靜許多。怎麼回事？他站在窗前看向下方，發現柏油路面變成黑色，針葉樹的樹葉都淋濕了，顏色變得很深。

（下雨了──）

早上的天氣看起來就不太穩定，沒想到真的下起雨了。

這下子慘了。靖貴頓時著急起來，因為鄉地研成員的私人物品都放在陽台上，如果不趕快拿進來，都會被雨淋濕。而且這所學校的教室沒有通往陽台的落地窗，進出很不方便（應該是為了防止學生墜樓），所以只能從及腰的窗戶爬到陽台上。

雖然穿著千葉婆的人偶裝活動很不方便，但除了自己以外，沒有其他人能做這件事。靖貴打開窗戶，小心翼翼地走出陽台，以免千葉婆的大腦袋會卡在窗框上。

他蹲在陽台上，把所有人的書包都移到屋簷下方，然後拿起咖啡色的人造皮書包的背包，打算把女生的書包拿進教室內。當他站起身，向教室內張望時，忍不住大吃一驚。

「呃……」

他太驚訝了，頭撞到窗框。

原本以為教室內沒有人，沒想到他認識的女生坐在前一刻他坐的桌子上，低頭滑著手機。

是北岡惠麻。她既沒有和久美子在一起，也不見平時總是和她在一起的同班同學。她在學校時，幾乎總是和別人在一起，靖貴很難得看到她獨自一人。

她來這裡幹什麼？她並沒有參觀展示的內容，只是無聊地坐在那裡滑手機。怎麼辦？靖貴六神無主，但北岡完全沒有察覺他，短裙下的雙腿緩緩蹺起二郎腿。

就在這時——

「妳在幹嘛？好像很無聊的樣子。」

一個年輕男人突然走進教室對北岡說話，他理了一頭短髮，皮膚黝黑，即使隔著寬鬆的衣服，也可以發現他體格很壯碩。

「沒有，我在等人。」

「喔，那在妳朋友來之前，要不要一起玩？」

北岡的態度很客套，顯然不認識對方，對方只是在向她搭訕。靖貴因為戴著千葉婆的頭套，所以聽不太清楚，但幸好窗戶開著，所以勉強能夠聽到他們的對話。

「不，不用了。」北岡婉言拒絕，但那個男人死纏爛打地說：「稍微玩一下有什麼關係。」

那個男人抓著北岡的手臂，想硬把她拉出去。

靖貴憑本能發現事情不妙，但那個男人看起來很壯，萬一打起來，自己絕對不是他的對手，而且目前穿著人偶裝，形勢對自己很不利。

靖貴看著手上的書包，書包上有一個比手掌小一點的橢圓形鑰匙圈。是防身警報器。

靖貴想到了好主意。雖然不知道這個警報器是誰的，但先借來用一下。只要用力拔出來，像手榴彈一樣丟過去，男人應該會嚇一跳，沒有心情繼續糾纏北岡了。

靖貴下定決心後站起來，準備拉響警報器。

在警報器即將發出驚人的聲音之際，另一個陌生男人闖入靖貴的視野。

那個成年男人身材高大，風度翩翩。靖貴慌忙把警報器的卡針塞回去。

「惠麻，對不起，讓妳久等了。」

北岡正和剛才的搭訕男面對面，那個男人走向他們，用平靜的聲音向她打招呼。

「平山哥……」

北岡驚訝地叫著男人的名字。那個叫平山的男人揚起嘴角，低頭看著抓住北岡手臂的搭訕男問：

「不好意思，她惹到你了嗎？」

平山說話的語氣雖然很客氣，但可以感受到他的威嚴。他看起來氣宇軒昂，舉手投足氣度不凡。

搭訕男似乎被平山的氣勢嚇到，緩緩鬆開北岡的手。

「不……我搞錯人了。」

搭訕男說完，快步走出教室。

在搭訕男離開十秒鐘後，平山終於鬆了一口氣，露出笑容。

「不好意思，因為太突然了，只好假裝妳在等我。」

「不，謝謝你幫了我。」

……所以北岡並不是在等平山，平山只是剛好經過。他剛才的拔刀相助太精采了，只能愣在一旁看著這一幕的靖貴對他佩服不已。

但是他們的態度有點奇怪。北岡仍然一臉緊張，平山也目不轉睛看著北岡，似乎欲言又止。

「……看到妳不錯，我就放心了。」

「……是。」

「當初我們以那樣的方式分開，所以我有點擔心。」

「你不必放在心上……已經是三年前的事了。」

平山和北岡應該都發現有人站在窗外，但可能穿了人偶裝，再加上有窗框的關係，他們似乎並沒有意識到說話會被人聽到。

他們之間的談話似乎很嚴肅，靖貴不知道該怎麼辦。幸好這時剛好有難得一見的（真正）參觀者走進來，靖貴也趁這個機會爬過窗框，回到教室。

可悲的是，他仍然忍不住豎起耳朵聽他們說話。展示板發揮了屏風作用，參觀者舉起數位相機，他對著鏡頭擺出姿勢時，仍然很在意站在後方的兩個人。

「妳長大了。」

「是啊，我已經高三了。」

「決定要考哪一所大學嗎？」

「還沒有，可能會選環境方面的科系，或是社會學。」

「是嗎？所以妳已經放棄音樂，我很喜歡妳吹長笛。」

「……我並沒有足夠的音樂才華，無法靠這個養活自己。」

北岡語氣沉重地回答。靖貴完全不知道她會演奏樂器，因為聽不太清楚他們說話的內容，而且他們說的話中有些專業術語，他無法完全理解，但知道他們在聊音樂的事。雖然兩個人聊得並不投機，但至少在正常聊天。

當平山說這句話時，可以明顯感受到他們之間的氣氛和剛才不一樣了。

「我……今年春天要結婚了。」

北岡一時說不出話。平山看起來二十五、六歲，雖然有點早婚，但並不至於很奇怪。

靖貴揮手送走參觀者，伸長耳朵偷聽。

「……這樣啊，恭喜你。」

北岡原本說話就有氣無力，現在的聲音更加低沉。聽起來不像是祝福，更像是哀悼。

「然後……我希望妳可以在我的婚禮上吹奏一首樂曲……妳願意嗎？」

「我已經三年沒碰了……沒辦法。」北岡雖然有點結巴，但還是拒絕了，「對不起。」

「這樣啊，對不起，我不該提出這種要求。」

平山很乾脆地放棄。從屏風下看到平山的腳和北岡的腳之間有很大一段距離。

「惠麻，那我走了，妳多保重。」

「你也多保重。」

「雖然是巧遇，但很高興見到妳……祝妳考大學順利。」

平山走出教室，三個小學生衝進來，立刻圍住一身千葉婆裝扮的靖貴。

「喂，兔子，給我糖果。」

「這件衣服後面沒有拉鍊，要怎麼穿上去？」

教室內一下子變得很吵，靖貴有點不知所措。這幾個小學生嚷嚷著，不停地碰觸他的身體。他看到北岡邁著沉重的步伐走向門口。

「嘿喲！」

其中一個小學生在背後大叫一聲，靖貴下半身重心不穩，倒向前側。被這個小鬼陷害了。他用膝蓋頂向靖貴的膝蓋後方。

事出突然，靖貴來不及用手支撐身體，整個人趴在地上。那幾個小學生可能覺得把他扶起來會挨罵，發出「哈哈哈哈」的大笑聲逃走，靖貴獨自留在教室內。北岡完全沒有心情理會千葉婆，頭也不回地離開。

頭套很重，倒在地上後很難站起來，而且剛才頭部、手肘和膝蓋都撞到地板，仍然痛得發麻。

靖貴獨自狼狽地倒在空無一人的教室內，用昏昏沉沉的腦袋思考著。

（剛才的話……被我聽到沒關係嗎？）

北岡向來很好勝，但剛才說話的聲音聽起來痛苦而無力，靖貴甚至不願意想像「他們之間曾經發生過什麼事嗎」。

（唉、唉……）

雖然很煩，但差不多該起來了。趴在地上的他準備用手腳撐起身體時，聽到頭頂上傳來一個熟悉的聲音。

「啊，千葉婆。」

靖貴緩緩轉過身，最先看到了一雙穿著客用拖鞋的腳和窄管牛仔褲。他將視線漸漸向上移，看到穿著長開襟衫、鮑伯頭的女生一臉擔心地看著自己。

是久美子。自己太狼狽了，偏偏被她看到自己出糗的樣子。靖貴穿著悶熱的人偶裝，覺得自己全身發燙。

「你還好嗎？」

久美子伸出手，靖貴抓住她的手站起來。因為學長吩咐「穿著千葉婆裝扮時不能和社團以外的人說話，以免破壞千葉婆的形象」，所以他只能不發一語，連續鞠了好幾次躬。久美子苦笑著說：「真辛苦啊。」然後又接著問：

「這裡是鄉土地理研究會的展示教室，對嗎？」

靖貴用力點頭。

「飯島……你可能叫他飯島學長？你知道他在哪裡嗎？」

聽到久美子這麼問，靖貴發現一件事，久美子完全沒有想到千葉婆內就是她要找的「飯島」。那是因為上午見到她時，曾經對她說「都是一、二年級的學弟、妹輪流」。

太好了，真是天助我也，那就假裝是別人。靖貴在這種莫名其妙的事上很注重面子，用力搖頭表示「不知道」。

「這樣啊……那你有沒有看到早上和我在一起的那個長頭髮女生？」

她一定在問北岡。北岡才剛離開這裡，難道她們沒有在路上遇到嗎？

但是，如果對久美子說「看到」北岡，久美子之後可能會知道北岡在教室內遇到平山這件事。雖然久美子是朋友，但北岡應該不希望朋友知道這件事。

靖貴把手放在千葉婆的右側臉頰上，歪著頭裝糊塗。

久美子看著手錶，自言自語地說：

「怎麼辦呢……音樂會快開始了。」

靖貴抬頭看向掛在教室上方的時鐘，時鐘的短針指向「四」附近，長針指在稍微超過「九」的位置。木村剛才也邀請靖貴「四點在體育館有現場表演，歡迎你來」，久美子說的音樂會應該就是這一場，她們應該約好要一起去看。

是不是不該說謊，對她說實話比較好？靖貴有點後悔，轉頭看向久美子的方向，發現她走到靖貴面前，看著他的眼睛說：

「如果你看到她，可不可以請她去體育館？你有紙嗎？」

久美子做出寫字的動作，靖貴立刻拿出用來回答問卷的原子筆，然後從圍裙衣口袋裡拿出宣傳單，背面朝上遞給她。

『我在體育館等妳。　久美子』

久美子用工整的楷書字體寫下這幾個字後，說聲「拜託你了」，然後拍拍千葉婆的肩膀。

靖貴用只有大拇指分開的手圍成一個圈表示「OK」，久美子安心一笑，向千葉婆揮著手，走出教室。

鄉地研借用的三年B班教室隔壁（當然）就是三年A班，A班也沒有參加文化祭，目前教室內也空無一人。

A班教室的前方就是西側的樓梯，「千葉婆合影會」的時間順利結束……應該說，幾乎沒有客人前來，扮演千葉婆的靖貴輕鬆地喘了一口氣。

他覺得口乾舌燥，想喝飲料。好不容易從皮夾裡拿出一百圓，走向一樓的自動販賣機。

但是，走到三樓和四樓之間的樓梯口，靖貴發現失策了。因為穿著千葉婆的人偶裝根本沒辦法喝飲料。他完全忘記了沒辦法自己脫下千葉婆人偶裝這件事。

他為白跑一趟和自己的愚蠢洩氣，轉身走向樓梯。

當他走到四樓時，耳朵捕捉到可疑的動靜。

嗚嗚嗚，呃呃。他好像聽到啜泣聲，聲音從四樓通往屋頂的樓梯上傳來，但目前屋頂都鎖住，無法自由出入。有人繪聲繪影地說，幾年前有一個厭世的女生從屋頂跳樓。

靖貴平時完全沒有陰陽眼，而且穿著千葉婆的人偶裝，照理說會影響聽力，為什麼偏偏聽到這種聲音？靖貴不禁為自己的衰運嘆息。

但是，不可能有幽靈。為了確認這件事，他鼓起勇氣走上通往屋頂的樓梯。

當他走到樓梯口準備轉彎時，在狹小的視野中看到意外的景象，他忍不住倒吸一口氣，退了回來。

那不是幽靈——

（北岡——）

剛才久美子在找的女生坐在樓梯上，努力壓抑著聲音，靜靜地哭泣。

怎麼辦？靖貴陷入輕微的恐慌。北岡低著頭，並沒有發現靖貴，現在可以轉身離開，假裝沒有看到。

但是既然她在這裡，久美子就等不到她……雖然她不可能哭著去找久美子，但最好趕快趕過去。

而且看到北岡這麼難過，他不能袖手旁觀。他不知道北岡為什麼傷心？可能想起之前集訓的事，但聽到她悲痛的哭泣聲，自己內心就起伏不已，無法平靜。

如果自己目前是「飯島靖貴」的外型，他當然不可能上前。要是被班上的宅男看到她哭泣，她的自尊心應該會受到很大的傷害。

但換成是她很喜歡的千葉婆，一定不會有問題。靖貴悄悄摸著圍裙衣口袋，裡面有幾張宣傳單和久美子剛才還給他的原子筆，還有給小孩子吃的糖果。

靖貴蹲下，在宣傳單背面迅速動筆寫起來。因為穿著人偶衣，所以字寫得歪歪斜斜。

靖貴下定決心走上樓梯，輕輕拍拍抱著膝蓋，坐在最上方低著頭的女生肩膀。

北岡微微一抖，抬頭看著他。靖貴緩緩歪著頭，把宣傳單和另一隻手上的東西遞到她面前。

『這是吃了可以振作的糖果，請妳吃。』

「啊……」

北岡接過宣傳單和糖果，看了宣傳單上寫的字，小小叫了一聲，再度低頭看著自己的膝蓋。

她仍然抽抽噎噎。過了一會兒，她哭得比剛才更大聲了，而且也不再捂著臉。

靖貴無法離開，只能在北岡身旁坐下，輕輕拍著她的背安慰她「沒事沒事」。

她哭得這麼大聲，會不會被別人聽到……雖然靖貴這麼想，但又覺得高樓層的這個角落原本就很少人會來，應該不會有人吃飽沒事做來這裡。靖貴決定讓北岡盡情地哭。

不知道過了多久，北岡哭了一陣子後，心情似乎稍微平靜下來，用手上的毛巾擦擦眼睛，抬起頭小聲說：

「對不起……」

妳並沒有做什麼需要道歉的事。千葉婆搖著頭表示，北岡看了之後，有點害羞。靖貴第一次看到她有這樣的表情。

他從口袋裡拿出剩下的宣傳單，撿起旁邊的木板放在腿上當墊板，用原子筆寫道。

『發生什麼事了？』

北岡看了之後，把手肘放在自己的膝蓋上，用淚水在眼眶中打轉的雙眼看著他。

「千葉婆是女生還是男生？」

靖貴知道她問的是扮演者的性別，但他無法實話實說，否則可能會被她發現自己別有用心。

『算是、女生。』

雖然無法好好握筆，但他還是努力模仿女生的筆跡回答。千葉婆是「婆婆」，所以自己不算寫錯。

不知道北岡相信人偶裝內的是女生，還是不想多追究，鬆口氣，露出了笑容。

她打開剛才給她的糖果，放進柔軟的雙唇之間。

「我剛才不是在鄉地研的教室內和一個男人說話嗎？」

她吃著糖果，緩緩說道。

「我以前一直喜歡那個人。」

靖貴胸口一陣疼痛。不過他剛才已經隱約猜到了，只是沒想到聽北岡親口承認這件事造成的衝擊比他想像中更大。

即使靖貴完全沒有任何反應，北岡繼續說：

「我在初中時參加吹奏樂社，他當時是大學生，是我們顧問老師的朋友，所以偶爾會來指導我們。他也是我們高中的校友。」

所以他今天來學校參加文化祭。靖貴恍然大悟，也明白她上了高中後，沒有參加任何社團的原因。

想必她在初中社團時，包括戀愛和朋友關係在內，發生了很多事。因為有當時的慘痛經驗，所以她對社團活動敬而遠之。

「他會很認真聽我們說話，很帥，說的話都超精準，原本只是和其他女生一起胡鬧，沒想到在不知不覺中，真的喜歡上他了。」

平山的確很瀟灑。雖然並不是像木村那種很吸睛的帥哥，但有一種清新清爽的感覺，而且他又是大人，很有肩膀，小女生定期和他接觸，漸漸愛上他也很正常。雖然有點不甘心。

（不甘心？）

靖貴忍不住吐槽自己內心的想法，但在北岡陷入困境時，平山漂亮地為北岡化解了危機，的確令自己自卑，很嫉妒他。這是不可改變的事實。

唉。北岡輕輕嘆了一口氣。

「但是，我向他告白後，他馬上就拒絕我。」

……事情有這麼簡單嗎？

他們剛才重逢時的沉重氣氛和關心的話語，不難猜想當初曾經發生什麼糾紛，至少不像是完全沒有留下任何遺憾的漂亮分別。

北岡堅強地對著訝異的千葉婆靖貴笑了笑說：

「那是很久以前的事了，我以為自己已經放下了，但隔了多年再見到他，又想起當時的事，以及曾經喜歡他的心情。」

靖貴沒有正式戀愛過，所以不是很瞭解，但是不難想像如果曾經真心愛上一個人無法自拔，即使和對方斷絕關係，無論過去多少年，應該都無法完全忘記對方。如果是青春期的戀愛，那就更難以忘記了。就好像沒有帶船槳就被丟進波濤洶湧的大海，受了一輩子都無法治癒的傷。

靖貴用力點點頭，北岡話音變尖。

「沒想到他竟然說要結婚了，我就、覺得很難過……」

我瞭解。曾經喜歡的人將永遠無法再屬於自己，這是多麼令人絕望？就連向來遲鈍的靖貴，光是想像這件事，就痛苦不已，像北岡這種喜怒哀樂很強烈的人就更不用說了。

但是，她還是忍著淚水向他說「恭喜」，避免造成他的擔心。這不是一件容易的事。

靖貴在腿上的宣傳單空白處寫著：

『妳很堅強。』

北岡看到這幾個字，淚水再度從她的雙眼流下。這次她沒有哭出聲音，但是透明的淚水撲簌簌地從長睫毛下的大眼睛中落下。

「我堅強嗎？」

她擦拭著淚水問，靖貴連續點了好幾次頭表示同意。

她看起來孤單無助、令人心痛。她平時刻意隱瞞了這一面。靖貴絞盡腦汁，努力想要回應她的信賴。

『妳不妨將目光看向自己的周圍。』

也許找不到和平山完全相同的人，但相信她周圍一定有很喜歡她的人……比方說，同班同學之類的。

『只要談一場新的戀愛，就會忘記遭到拒絕的事！』

北岡突然停止落淚，噗哧一聲笑了。

「這句話太好笑了。」

……有這麼好笑嗎？「只要談一場新的戀愛……」這種話，根本是陳腔濫調，她以前應該也聽過。

很高興她終於笑了。雖然她剛才努力擠出笑容，但發自內心的笑容果然不一樣。

靖貴的腦袋左搖右晃，甩著垂下的耳朵，北岡心情愉快地笑了起來，把雙膝抱到胸前，然後把下巴放在膝蓋上（如果從正面看，這個姿勢很危險，但坐在她旁邊，什麼都看不到）。

她擺動著雙腳，有點害羞地移開視線說：

「老實說，我已經有喜歡……應該說在意的人了。」

啊？靖貴驚慌失措。他每個星期都會和北岡聊天一次，完全沒有聽她提過感情方面的事。

可能因為自己是男生，也可能是因為他們的關係並沒有那麼要好。雖然有很多可能的理由，但至今為止，在她身上完全感受不到戀愛中的女生特有的飄飄然，或是為愛傷神的感覺。更何況如果女生有喜歡的男生，會約異性一起回家嗎？即使只是同班同學而已。

雖然靖貴的確很受打擊，但是更驚訝，然後無法克制內心的好奇，在紙上寫了以下這句話：

『他是怎樣的人？』

北岡歪著頭稍微想了一下，字斟句酌地謹慎回答說：

「嗯……不知道該不該說是……有點奇怪的人。」

她的回答完全出乎靖貴的意料。如果她回答說「很帥」或是「很成熟」還能夠理解，她竟然用「奇怪」這兩個字形容她有一絲好感的男生。

『奇怪嗎？』他立刻問，北岡有點尷尬地皺著眉頭說：

「嗯……真的很奇怪，超奇怪。他應該不笨，但有點不懂得察言觀色，經常會說一些讓我覺得『什麼？這種時候怎麼可以這麼說？』的話，所以和他說話時，經常會被他嚇到。」

雖然她說話時一臉為難，但聲音中難掩淡淡的喜悅。

靖貴覺得肋骨後方好像被擰了一下。到底是哪個男人這樣玩弄北岡的心？真想見識一下……雖然即使看到了，也不會做什麼。

『學校的同學嗎？』

他在紙上寫下直截了當的問題，北岡猶豫一下，輕輕搖搖頭說：

「應該是……大家都不認識的人。」

北岡的回答意外深深打擊靖貴。因為自己當然不可能知道她在校外的人際關係，而且這也明確顯示她有好感的對象並非自己。雖然原本就不抱有期待，但因為久美子不停慫恿，所以可能在不知不覺中，隱約產生了「該不會是我？」的想法。自己真是太傻太天真了。

靖貴穿著千葉婆的人偶裝，北岡當然不可能察覺他的想法。雖然靖貴越聽越沮喪，但北岡羞澀地繼續說。

「我真的完全搞不懂他的想法。我以為他喜歡文靜的女生，還改變了髮型，但他幾乎視而不見，有時候會突然說我『可愛』，搞不懂他是不是在說奉承話，完全無法理解，只不過和他在一起時很開心，總是讓我心跳加速。」

雖然是靖貴主動問這個問題，但他不想再繼續聽下去了。那個男人真的很莫名其妙，靖貴越聽越搞不懂那個傢伙到底有什麼好，真的很想勸她不要理那個人。

但是……如果真的這麼說，就真的太多管閒事。無論她喜歡誰，都是她的自由。自己沒有權利，也沒有理由干涉。

靖貴沉默不語，北岡把臉埋進自己的膝蓋之間，然後小聲地說：

「但是……他看起來對我完全沒有興趣，讓我好挫折。」

她的聲音聽起來帶著悲傷，又有點自虐，靖貴覺得胸口好像被勒緊，心也跟著痛了起來。

靖貴很懊惱，很痛苦，簡直不知如何是好，但她一定更加痛苦。

靖貴將想要說的話分別寫在三張紙上，輕輕拍了拍縮成一團的北岡肩膀。

北岡抬起頭，他將第一張遞到她面前。

『別擔心。』

其實他並不想說這句話。

但是在以千葉婆的身分聽她說話後，充分瞭解了她的心情。雖然她之前的戀愛遭到了挫敗，但希望她目前的心願能夠實現……說句心裡話，其實還是很不願意，只是更不想看到她繼續消沉的樣子。

然後是第二張紙。

『妳真的很可愛，所以他一定很喜歡妳。』

雖然之前一直不喜歡她，但也不得不承認，楚楚動人的北岡很像那個演天使角色的女演員，只要她願意，大部分男人都會輕易被她征服。也許那個平山見到她現在的樣子，會很後悔當年拒絕了她……雖然這只是靖貴的想像。

他把最後一張紙交到她手上。

『加油。』

北岡看到這兩個字，轉頭看過來，微微側著頭，嘴角揚起笑容。她的一頭長髮飄動。

「謝謝。」

這是她第一次坦誠的道謝，也是第一次露出真誠的笑容。靖貴原本以為這輩子都無法見識到這樣的她。

心跳加速，呼吸變得急促。此刻的自己既是自己，又不是自己。北岡看到的也不是自己，而是千葉婆，所以才會自然流露出這種表情。

——但是也有此時此刻才能做的事。之前一直告訴自己不可以做出這種行為，一直壓抑這種衝動，現在或許可以借千葉婆的身分完成。

他在虛構和真實之間徬徨，最後衝動地摟住北岡的肩膀，把她抱在自己的臂彎中。

「呃……千葉婆？」

肩膀附近傳來了她不知所措的聲音，靖貴不理會她，隔著人偶裝抱著她單薄的身體。她的身體比想像中更纖瘦、更柔弱。

（北岡……）

如果抱得太緊，北岡就會發現自己是男生，所以他擁抱的雙手不敢太用力，雖然情不自禁抱住了她，但還是在內心稍微踩了煞車。

雖然表面上是激勵她「加油」，但其實——

「好溫暖。」

北岡也抱住他，輕輕拍著他的背，似乎在告訴他「我已經沒事了」。靖貴戰戰兢兢地鬆開手。

「我要走了。」

北岡站起來，拍拍制服的裙子後方，打起了精神。她的臉上已經沒有悲壯感，難以想像她剛才還在流淚。

靖貴想起久美子正在體育館等她，距離剛才已經過了很久，不知道時間是否還來得及。靖貴還在思考要怎麼告訴她，北岡已經走下樓梯，走到差不多剛好在千葉婆膝蓋的位置時，她突然轉過身。

「剛才的事，不可以告訴任何人。」

她做出食指放在嘴唇上的俏皮動作，歪著頭笑了。靖貴拿出所剩不多的宣傳單，在背面寫了幾個大大的字。

『我絕對守口如瓶，請妳放心。』

靖貴在她面前亮出這張紙，北岡瞇起眼睛一笑。靖貴又用潦草的字在另一張紙上寫了起來。

『後會有期！』

「嗯！」北岡滿面笑容地回答，「千葉婆，謝謝妳！後會有期！」

她笑著揮手，走下樓梯。靖貴也揮著手回應，但當她轉過樓梯口，完全消失後，忍不住深深嘆氣，一屁股坐在樓梯上。

「我在幹嘛……」

他在人偶裝內嘀咕。口袋裡塞滿大量寫了字的宣傳單，他就像斷線般渾身無力，再加上難以自處的羞恥心，讓他癱在地上無法動彈。

稍微恢復元氣後，靖貴走回鄉地研借用的三年B班教室。

即將走到教室時，聽到大音量的音樂聲。那是整所學校內，應該只有自己知道的小眾樂曲。

他不知道發生了什麼狀況，走進教室一看，發現同年級的田村奈美坐在錄音機前，正在把玩著靖貴的數位隨身聽。

他拍拍田村的肩膀，但並不是想指責她未經許可，擅自動自己的隨身聽，（更何況靖貴已經把這件事拋在腦後）而是有事情想要拜託她。

「拜託妳，幫我一起把這身衣服脫下來。」

「啊？聽這個聲音，該不會是飯飯？」

田村回頭看著靖貴，驚訝地瞪大眼睛。

靖貴用力點頭，田村捧腹大笑。

「喂！為什麼變成你穿這身衣服？」

「有很多不得已的原因。」

靖貴有點不耐煩地回答，田村繼續笑個不停，為他解開脖子後方接合的部分。

靖貴請田村拿著頭套，自己慢慢把腦袋抽出來。久違的解脫感讓他忍不住大口呼吸，有點涼涼的新鮮空氣太舒服了。他的頭髮都被汗水黏在太陽穴上。

接著他打算脫下身體的部分，把人偶裝脫到腰部，這時才想到一件事。

「啊，慘了，短褲……」

女生在穿人偶裝時，都會先穿運動服，但靖貴怕熱，所以直接穿在短褲外

（他穿的是四角褲）。眼前是同年級的女生，如果在她面前換衣服，算是性騷擾嗎？

田村看到靖貴猶豫的樣子，一臉不屑地說：

「就算看到男生的短褲，我也完全不會有任何感覺。別磨磨蹭蹭了，趕快脫吧。」

聽到田村這麼說，靖貴想起初中時，全班男生都只穿一條短褲，在運動會上跳舞，還相互拍照留念，田村早就見怪不怪。

但田村還是顧慮到靖貴的心情，當靖貴在教室內找自己的長褲時，田村戴上千葉婆的頭套玩耍，還說：「簡直臭得可以把人熏死。」

靖貴換好衣服後，在擦汗時問田村：

「田村，妳剛才跑去哪裡？」

「啊？實在太無聊了，所以我一個人去了漫畫咖啡店。我沒心情讀書，而且剛好有想看的漫畫，三個小時狠狠撈回本。」

田村若無其事地回答，靖貴大吃一驚。

「……就穿這樣去嗎？」

田村穿著制服裙子，上面穿了一件長袖薄質黑色襯衫，把鄉地研的T恤套在襯衫外面。如果是在學校內也就罷了，把這件T恤穿去外面也未免太有勇氣了。

「有問題嗎？我在外面套了連帽外套，別人不會發現啦。」

她完全不以為意，靖貴已經不是驚訝，而是佩服。不愧是向來我行我素的田村，而且因為文化祭很無聊就溜出學校，一個人在外面閒晃就不是普通人有辦法做到的事。

「所以妳剛回來這裡嗎？」

「嗯，因為我要趕在去吃燒肉前回來。」

田村很乾脆地點點頭。文化祭在五點結束，之後學長姊會請所有鄉地研的成員去吃燒肉。田村明明很少參加文化祭或是社團活動，不知道該說她很現實還是很好懂。

雖然她在某些方面讓人難以苟同，但也很值得信賴。靖貴對著旁若無人地把手插在口袋裡的田村合起雙手，低頭拜託說：

「那個、我想拜託妳一件事。」

「怎麼了？為什麼突然要拜託我？」

「可不可以對外說，這三十分鐘是妳穿了千葉婆的人偶裝？」

田村聽了靖貴提出的要求，滿臉錯愕地撇著嘴角問：

「啊？為什麼？你該不會闖了什麼大禍……」

「才不是呢！剛才我撞見了不想見的傢伙，他問我：『飯島在哪裡？』我就對他裝糊塗，如果被他知道是我穿了這身衣服，就會很尷尬。」

靖貴說了這番既不能說是事實，但也不算是謊言的微妙藉口，雖然他改變說話的語氣，省略許多出場的人物，但大致劇情相同，而且他認為這種場面也很常見。

田村的身高和靖貴差不多，而且骨架很大，聽說她精通武術，所以力氣很大。雖然說這種話有點多管閒事，但她胸部很平，所以完全是可以冒充靖貴的理想人選。

田村似乎清楚了他的想法，心領神會地輕輕點點頭。

「……是沒問題啦，但我這個人是大嘴巴。」

靖貴第一次遇到說自己是「大嘴巴」的人，這是恐嚇嗎？

靖貴嘆口氣後，把手放在田村的肩上，壓低了聲音對她說：

「只要妳答應，我下次請妳吃『三松』的拉麵，所以無論誰問妳，希望妳都這麼回答。」

三松是位在靖貴和田村的家中間的一家知名拉麵店，雜誌上的拉麵店特輯中，經常會介紹這家店，田村之前就很喜歡那家店最有名的鹽味拉麵。

田村眉開眼笑地說：

「好，沒問題，我要點大碗的，還要加滷蛋。」

兩個人都握起了拳頭，相互擊拳表示交易成立。

「咦？」這時，背後突然傳來驚叫聲，「你們兩個人在這裡鬼鬼祟祟做什麼？」

回頭一看，原來是參加完相聲比賽的學弟B站在那裡，看了看靖貴，又看著田村的臉。

「沒有啊，沒事。」

靖貴離開田村身旁辯解說，學弟B一臉很瞭解狀況的表情走過來。

「越隱瞞越可疑……」

「別說傻話，你是不是喜歡我，所以在吃醋？」

田村不假辭色地反駁，學弟B嚇得後退說：「哪有啊！」

總算掩飾過去了。靖貴暗自鬆口氣。

不一會兒，其他社團成員也都紛紛回到了教室。

完成整理、丟垃圾和打掃工作時，天色早就已經暗了。

節慶活動往往都虎頭蛇尾，最後草草落幕。

大家三五成群，走向車站附近的燒肉店。除了所有社團成員以外，還有幾名已經畢業的學長姊和顧問老師，意外成為一場熱鬧的聚會。

靖貴等三年級學生在文化祭結束後，將正式退出社團，所以在開吃之前，每個人都在所有人面前發表「退社感言」。

「……雖然發生很多事，但至今為止的社團活動都很開心。」

靖貴用這番了無新意的話作為總結，順道成為乾杯號令。

這次聚餐的主角是高中生，所以沒有喝酒，但自始至終都吵吵嚷嚷。這些高中生都毫不客氣，不停地點肉和飲料，學長姊完全不在意，不停地說著「多吃點」，靖貴暗自佩服「出了社會的人，財力果然不一樣」。

熱鬧的時間在轉眼之間就過去，解散時，天色已經漆黑，吹來的風很冷。靖貴和田村，還有相同方向的三個學弟妹一起搭上電車。

搭電車時仍然笑聲不停，只要有人說蠢話，田村就會立刻吐槽。這種模式已經在這兩年半內見識過無數次。

電車即將抵達我們要下車的車站時開始減速，看著窗外的田村突然小聲地說：

「這次終於要告別了。」

這句話讓其他人頓時安靜下來。剛才刻意逃避的心情慢慢變得沉重，靖貴硬是擠出笑容說：「接下來就要為考大學好好用功了。」

回到家後，立刻去泡澡，洗去一身汗水和菸味。泡在溫暖的浴缸內，心情漸漸平靜下來。

洗完澡，他立刻回到自己房間。今天很累，他決定上床睡覺。

但在鑽進被子之前，他想到了久美子早上給他的光碟。

之後要寫電子郵件向她道謝，為此必須先看一下光碟的內容。靖貴下床打開電腦，把光碟機連上USB，輕輕把光碟放進托盤。

喀答喀答。他點了兩次打開光碟，看到一整排MP3檔案，數十首歌曲沒有分類成不同的檔案夾。

（如果要確認每一首曲子，恐怕會累死……）

他苦笑著用滑鼠向下移動，在最下方看到命名為「E」的檔案夾。

那是什麼？靖貴有些好奇，點開那個檔案夾，然後打開檔案夾內第一個檔案，看到四個像國中生的女生站在主題樂園門口旁比出勝利的手勢。

最右側那個高挑的女生一定是久美子，她身旁的是——

（是北岡……）

雖然那個女生一頭黑髮，沒有化妝，和現在的感覺很不一樣，但那雙大眼睛和瓜子臉絕對就是她。雖然現在幾乎看不到那種無憂無慮的快活笑容，但和她今天看到「千葉婆」時的開心樣子完全一樣。

靖貴逐一點開所有的照片。有北岡穿著制服上課的樣子，有穿著運動衣埋頭寫作業的身影，還有站在一望無際的大海前的留影，或是吃著美味聖代冰淇淋……拍攝的時期和場景五花八門，有時候是很多人的合影，有時候又是獨照，完全沒有統一感，但幾乎都可以看到北岡以前的樣子，靖貴回過神時，發現自己的目光一直在尋找北岡的身影。

照片中的北岡比現在年紀更小、更幼稚，充滿活力，渾身散發出可愛的感覺，每次看到她的身影，心臟就用力跳動。

看完所有的照片時，胸口到後背疼痛起來，渾身發麻。他差一點想哭，覺得很丟臉，坐在椅子上抱住自己的膝蓋。

（我……）

他抬起頭，看到電腦螢幕中的北岡拿著初中的畢業證書，和久美子站在一起的合影。那是靖貴認識她幾個星期前的照片。

……第一次見到她時，就覺得她很可愛，但很快就發生了資料手冊事件，開始和她保持距離。那次之後，就認定她俗不可耐，是和自己屬於不同世界的人。

但是自從和她在校外不時聊天之後，發現她和自己一樣，也會生氣也會笑，然後就希望可以和她一起共享更多時間，引頸期盼每週一次，在補習班放學後一起回家。然而他一直告訴自己，這只是因為「自己很少和女生接觸」的關係，並不是她有什麼特別。

上個星期三，才發現事實並非如此。北岡在電車上睡著，倚靠在他身上時，他緊張得差一點發抖。如果是其他女生靠過來，才不可能發生這種情況。電車即將抵達他要下車的車站時，他根本不想站起來，好幾次都想乾脆不下車了。但在電車快到站的前一刻，北岡醒了，於是他才下車。

然後就是今天——看到她沮喪的樣子，情不自禁抱住了她。那並不是為了鼓勵她，而是知道她喜歡別人，但仍然想要感受一下她的身體，哪怕只有一次也好。他無法克制內心這種強烈的欲望。雖然自己的臂彎抱著她纖瘦的身體只有短暫的片刻，但內心痛並快樂著，在人偶裝內拚命忍著淚水。

靖貴此刻也像當時一樣咬緊牙關，吸著鼻子，看著液晶螢幕中的女生。

光是看著她，就心臟發痛，但又無法移開視線。他從之前就一直是這樣的心情。

（原來我喜歡她——）

既然知道她心儀別的男生，靖貴並不打算向她表達心意，即使如此，靖貴已經無法繼續自我欺騙。

A NERD IN LOVE

初戀是什麼時候？

記得是在小學中年級的時候，對方是同一個清掃小組的學姊。她的皮膚很光滑，是一個很愛笑的女生。

當時就讀的小學為了「促進不同學年之間的交流」，同一個清掃區域會同時安排一到六年級的學生負責。

但是小學生都很貪玩，一到打掃時間，各個學年的男生經常打成一團，陷入混戰。

靖貴無法加入男生的混戰，總是獨自默默用抹布擦灰塵，一個女生對他說：

『小靖，你總是很認真打掃，太了不起了。』

那天之後，每次打掃時，那個女生都會和他聊天。男生好討厭，真的像小孩子。小靖，你和他們不一樣。小靖，你有姊姊嗎？真羨慕，我也想當你的姊姊……那個女生經常對他說這種話，久而久之，他內心萌生淡淡的愛慕。

即使換了打掃的區域，那個女生每次看到靖貴，都會對他露出笑容。但是，當那個女生畢業，無法在學校見到她時，那份感情也漸漸淡忘了。自己的初戀連結束的輪廓都很模糊。

第二次是初中的時候。

對方是同班一個早熟的女生。英文課玩遊戲時，老師要求他們和旁邊的同學互問寫在卡片上的問題，應該是在學習疑問詞的使用方法。

『What kind of men do you like?（妳喜歡怎樣的男性？）』

當靖貴問這個問題時，那個女生面不改色地回答：

『It's you.（像你一樣的人。）』

靖貴驚慌失措，但還是問她：

『Really?（真的嗎？）』

『I never tell a lie.（我向來不說謊。）』

她用對中學生來說很流暢的發音回答後，看著靖貴的眼睛，露出意味深長的笑容。

靖貴就這樣喜歡上那個女生，連他都覺得自己太單純了。只不過他的好心情並沒有維持太久。

那次英文課三天後的放學後，他正在換運動衣，準備參加社團活動，田徑社的同學小聲告訴他：

『你知道嗎？聽說她和A班的今井在交往。』

靖貴當時無法相信。但是那天放學回家的路上，親眼看到他們一起回家。

那次戀愛又無疾而終。那個女生只是在作弄他。

那次之後他終於發現，同社團或是班上都有好幾個女生會很熟絡地和他聊天，但似乎都沒有把他視為異性。

當時，靖貴在班上是數一數二的瘦小個子，而且和現在一樣，一臉呆樣，完全沒有攻擊性，個性也很溫和，不喜歡和別人吵架，無論別人說什麼，都不會反駁，不會主動和女生說話。無論外表和內在都沒有「男人味」。

『飯飯，你是好人。』

『飯島，你不像男孩子，我喜歡和你聊天，聊起來很輕鬆。』

這種話他聽了好幾十次，但是他很清楚，那絕對不是稱讚，而且親身瞭解到，『好人』無法成為女生的戀愛對象。其實他當然有缺點，而且也會對周圍的女生想入非非。

——自己這種人，即使真的談戀愛，也不會有好結果。

漸漸地，靖貴的心靈上鎖，不再輕易喜歡別人，在極力避免和女生接觸之後，甚至忘了鑰匙的去處。

事隔多年，終於讓靖貴再次陷入情網的對象，竟然是之前最不喜歡的類型。雖然外型亮麗，但很自私任性，個性彆扭，說話毫不留情，完全沒有女生特有的溫柔和貼心。

和之前相比，她最近化妝似乎淡了些，但還是很引人注目。而且她一改之前的濃妝後，更襯托出原本好看的五官，好像有更多男生喜歡她了。

……北岡應該像以前那些和自己交情不錯的女生一樣，根本不把自己視為異性。雖然她已經有心儀的男生，但還和他一起回家。那次雖然是她無意識的舉動，卻不知不覺靠在自己身上。靖貴想起她和木村像在交往，但她說「只是從小玩到大的玩伴」，也許她並不認為「和男生單獨相處」有什麼特別的意義。

一旦承認了自己的心意，就比之前更在意北岡惠麻。

在教室時，視線會不自覺地追隨著北岡的身影。雖然為了避免被人發現，總是慌忙移開視線，卻開始伸長耳朵捕捉她的聲音。上樓梯時，看到她走在前面，就會盯著她穿著短裙的背影。補習班放學回家時，也變得格外緊張，根本不知道自己說什麼。

在自己房間內讀書時無法專心，總是不由自主地想像，不知道她此刻在幹什麼。

（不能這樣……）

現在是最重要的時期，自己在幹什麼？他再次提醒自己。現在沒有時間為戀愛神魂顛倒，而且是註定沒有結果的戀愛。

他甚至不知道自己到底渴求什麼。北岡很有異性緣，而且還有心儀的人，即使再怎麼等，北岡也不可能成為自己的女朋友，但當他回過神時，發現自己已經愛得無法自拔，她不經意流露的脆弱和痛苦深深打動他。但自己真的愛上了不該愛的人，為什麼偏偏是她？他很想揍自己一頓。

他在看的英文文法參考書上剛好出現了「不應該……」的句型。

This was never supposed to happen.

——這件事不應該發生。

這就是自己心情的寫照。不久之前，自己絕對不可能愛上北岡。

他用額頭咚地敲向堅硬的書桌，但他的腦海中都是白天看到北岡的身影。

我在這裡

呼啊啊。靖貴大腦缺氧，忍不住張開嘴巴打了一個呵欠。早上通學電車門口附近，站在靖貴身旁的克也看著他，露出苦笑。

「阿靖，你今天呵欠連連。」

聽了克也的話，靖貴不自主愣了一下。吐出的熱氣讓車窗起霧，車窗外的行道樹樹葉漸漸枯萎掉落，開始呈現一派寒冷的冬天景象。

靖貴和克也雖然就讀同一所初中，但住的地方有一小段距離，說起來是住在不同的車站附近。每天早上上學時，有時候剛好搭到同一班車，有時候並不會遇到，並不是每天都一起上學。今天剛好搭同一班電車，而且還是同一節車廂，兩個人正在聊天。

靖貴的確沒睡飽。昨天晚上，為了補上這一陣子拖延的進度，一直用功到深

夜……雖然聽起來很有雄心壯志，可惜中途被不健康的想像干擾，無法順利完成進度。當他回過神時，發現已經深夜三點多了。現實總是這麼殘酷無情。

他昏昏沉沉地和克也聊著天，和其他乘客一起，在學校所在的車站下車。走出驗票口，北風吹起他的瀏海。靖貴縮起肩膀，忍不住顫抖。雖然戴了圍巾，而且裡面還穿上毛衣，但已經到了只穿制服已經太冷的季節。身旁的克也早就穿上冬天的厚外套，向來怕冷的靖貴不禁羨慕。

克也說要去圖書館，於是就先去了學校。靖貴走進半路上的便利商店，打算先喝杯熱咖啡醒腦，同時抵抗寒冷。

他站在便利商店內翻了幾頁雜誌，買了店內的現煮咖啡。他吹著簡直會燙傷人的滾燙液體推開店門，兩個穿著同一所高中制服的女生剛好走進來。

他和其中一名女生四目相對。

「啊，飯島，早安。」

北岡揮著手，笑著向他打招呼。正是幾個小時之前，他幻想世界中和他在一起的女生。

噗通。他的心跳加速。北岡身旁的那個人是學校的同學嗎？靖貴好像看過那個女生，只是不知道她的名字，氣質和北岡很像，感覺有點高傲。

「呃……」

因為完全沒有預料到會發生這種事，靖貴說不出話。他和北岡上學或是放學的時間不同，北岡從來沒有像今天一樣向他打過招呼。

真希望北岡不要看自己，否則就會從自己的表情中看出每天晚上都在夢中戲弄她。

靖貴把頭轉到一旁，沒有向她打招呼，就從她身旁走過去。手上的咖啡幾乎沒有減少，但全身發熱，都快流汗了。

這天是星期三，所以放學之後，還要去補習班上課。

聽老師上了三個小時的課，走進千葉車站東口的驗票口後，走下階梯。

來到平時等車的月台時，看到一個女生伸直雙腿，坐在長椅上。她是靖貴同一所學校、同一個班級的同學，也是靖貴朝思暮想的女生。不知道是否因為天氣冷的關係，她的手放在口袋裡，板著一張可愛的臉蛋。

「北岡。」

靖貴叫了一聲，北岡瞥了他一眼，仍然一臉不悅地轉頭不看他。

「怎麼了？」

雖然不知道原因，但北岡在生氣。靖貴在北岡身旁坐下後問她原因，北岡沒有回答。

兩個人都沒說話，但北岡先打破了沉默。

「飯島，我問你。」

「什麼事？」

「早上是怎麼回事？」

「啊……」

靖貴嘀咕一聲，立刻沉默不語。今天早上在便利商店前巧遇北岡，但因為太緊張，結果變成對她的打招呼不理不睬。

靖貴想不出辯解的理由，北岡無奈地嘆著氣說：

「我知道你怕我，但至少可以打聲招呼吧。」

聽了北岡的話，他啞口無言。雖然他們在學校時很少有交集，但畢竟是同班同學，當對方主動打招呼時，即使基於禮貌，也必須回答。如果在平時，靖貴一定會這麼做。

只不過當時有許多不能讓北岡知道的想法在靖貴的內心翻騰，因為事出突然，所以一時無法控制自己的心情……他當然不可能對北岡說出實話，只能不置可否地移開視線，低下頭。

「對不起……」

他為自己無禮的態度道歉，似乎反而引起北岡的擔心，她探頭看著靖貴問：

「最近發生什麼事了嗎？你上個星期也一直魂不守舍，態度超奇怪。」

上個星期……就是文化祭剛結束的時候，由於太在意她，無法像平時一樣和她聊天，所以才會讓她覺得自己很奇怪。

北岡這樣近距離注視，更讓靖貴內心起伏不已。沒想到北岡的手指伸到靖貴的臉頰旁。

靖貴嚇了一跳，腰往後一挪。他搖搖頭，慌忙隨便找了一個理由回答說：

「沒有……沒事啦，只是睡太少了。」

北岡露出一絲受傷的表情後，把手縮回去，無趣地「喔」了一聲，把頭轉向前方。

兩人再度陷入沉默。等電車的人在前方車門位置排了很長的隊伍。靖貴這才發現，已經過了預定時間，卻仍然沒有看到電車進站。

「電車怎麼還沒來？」

聽到北岡的喃喃自語，靖貴抬頭看向電子告示牌。沒想到今天電車偏偏出了狀況，靖貴在凝重的氣氛中，知道自己只能忍耐。

靖貴和身旁的女生完全沒有說話。只有時鐘的數字不斷增加。

怎麼會這樣？每個星期只有一次，只有現在能夠和北岡單獨相處，所以明明很想和她說很多話，希望她更開心，卻只能坐在她旁邊乾著急。

靖貴來到下行電車月台，足足等了三十分鐘，才終於聽到電車即將進站的廣播，苦等已久的電車總算出現了。

電車進站的風壓讓身體無法站穩，車輪和軌道摩擦發出了刺耳的聲音。車門在眼前打開，月台上擠滿許多下車的乘客，準備上車的乘客人數也不相上下。

靖貴拿起書包從椅子上站起來，排在上車隊伍的後方，但坐在他旁邊的北岡完全沒有跟上來。

他納悶地轉頭看向北岡，北岡也看著他，但仍然坐在長椅上，以嚴肅的眼神抬眼看著靖貴說：

「飯島，你先回去。」

「啊？為什麼？」

叫我先回去是什麼意思？靖貴搞不清楚狀況，忍不住問道。北岡用沒有感情的語氣回答說：

「我很怕搭擁擠的電車，我要搭下一班，你不必陪我一起等。」

……真的是這樣嗎？之前和她一起搭車時，曾經有好幾次都搭到人很多的車，但她當時沒有什麼特別的反應。自己也不喜歡擁擠的電車，如果可以，很希望能夠悠閒地坐在座位上。

但既然是搭電車，當然就會遇到這種狀況。至少自己能夠接受，大部分人應該都是。靖貴覺得她只是在鬧彆扭讓自己為難。

「可是不知道下一班車什麼時候才會到，說不定還是很多人。」

根據靖貴的經驗，電車一旦誤點，往往需要一段時間才能恢復正常的運行班次，這條線路的電車，即使等下一班，搭車的人未必會比較少，萬一花時間等下一班車，結果那班車還是很擁擠，就會後悔「早知如此，何必花時間等？」

靖貴認為自己的意見很合理，但北岡仍然坐著不動。

靖貴嘆了一口氣，走向低著頭的北岡。

「現在這麼冷，妳一直在這裡等車會感冒，而且女生太晚回家也不好。」

今天回家的時間已經比平時晚許久，就算現在搭車，等到比自己住得更遠的北岡回到家時，也可能快要深夜了。自己肚子很餓，想趕快回家，不可能陪她等下一班。

雖然他知道這樣的說詞毫無新意，但如果不趕快，電車就要離開了。靖貴死馬當活馬醫，蹲在北岡面前，看著低頭的北岡雙眼說：

「北岡，我們一起回家。」

雖然靖貴覺得好像在哄騙小孩子，但還是露出了無奈的笑容。北岡似乎終於被說服，她移開視線，然後很不甘願地站起來。

他們在電車門即將關閉前順利上車。車內瀰漫著人體發出的熱氣，悶熱得和外面無法相比。

靖貴握著車門附近的欄杆，在擁擠的電車內搖晃。雖然還不到俗稱的「擠得像沙丁魚罐頭」的狀態，但只要身體稍微傾斜，就會碰到其他乘客的肩膀。

他不經意地看向右斜下方北岡的臉，她雙眼無神，用力抿著雙唇，顯得很害怕，而且肩膀也在微微顫抖。

（原來她是真的不行……）

她剛才說「我很怕搭擁擠的電車」這句話似乎是真的。靖貴剛才以為只是她想避開自己的藉口，現在為硬是把她拉上車感到滿滿的愧疚。

到了下一站，乘客仍然沒有減少。距離他們下車還有一段時間，靖貴看著臉色蒼白的北岡問：

「要不要在下一站下車？」

如果妳打算下車，我會陪妳……他還來不及把這句話說出口，北岡用力握著眼前的欄杆，拚命搖著頭說：

「沒關係，我還可以忍……」

雖然不知道她還可以忍多久，但既然她這麼說，應該代表暫時沒問題吧。靖貴暗自思考著。

「但是……」

北岡簡短地嘀咕出這兩個字，卻沒有繼續說。但是什麼？

「什麼？怎麼了？」

靖貴努力用柔和的聲音發問，避免造成她的壓力。

北岡注視著自己的手，用幾乎聽不太到的微弱聲音結結巴巴地說：

「其實，我以前曾經遇到過很惡劣的色狼……那次之後，擁擠的電車就變成了我的心靈創傷……」

之後就很討厭搭電車，所以努力用功，考進住家附近的高中。她又繼續向靖貴說明。沒想到她討厭搭電車並不是因為任性，而是和更深層的問題有關。基於這種因素決定自己要考的高中顯然很不尋常。

至今為止，他們經常在補習班下課後一起回家，今天的電車的確最擁擠，所以靖貴以前並不知道她有這種心靈創傷。

但是，北岡說「很惡劣的色狼」到底有多惡劣？靖貴的想像力不由得偏向邪惡的方向，他慌忙搖頭擺脫這些想法。不行。北岡這麼痛苦，自己到底在想什麼？

「北岡。」

靖貴叫了一聲，但北岡沒有回答。靖貴只好輕輕拍向北岡的肩膀說：

「我在這裡，如果發生什麼狀況，馬上告訴我。」

即使真的遇到色狼，只要自己在，就可以和她交換位置，即使無法抓到色狼，至少可以讓她遠離。

靖貴小聲對她說，暗示她不必這麼害怕。北岡皺起眉頭，露出痛苦的表情，然後緩緩點點頭。

『本列車即將到達蘇我車站——』

廣播中傳來車掌的聲音。下一站是很大的轉乘車站。不一會兒，電車駛入月台，車門在靖貴身旁打開。

周圍有幾個人下車，但隨即有好幾倍的人湧入車廂內。這個車站應該也因為電車誤點，擠滿等電車的人。

「哇！」

靖貴原本和北岡一起站在車門附近，被人潮擠進車廂內。當他回過神時，發現原本站在他身旁的北岡被擠到車廂中間。

「飯……」

北岡被擠進人群，以快哭出來的眼神看著靖貴。她的手抓不到可以支撐的東西，在人群縫隙中掙扎著。

車門關上，電車駛離車站時劇烈搖晃。靖貴把手伸向再度被擠走的北岡，情急之下，抓住她的手腕。

「呃！」

北岡瞪大眼睛，表情驚恐。她順著抓住自己手腕的手臂望去，發現是靖貴抓住了她，微微垂下睫毛，明顯鬆了一口氣。

她的周圍都是高大的人，感覺只能勉強呼吸。靖貴很想走去她身旁，但他自己只能勉強站直，根本無法移動。只有抓著北岡的指尖可以自由活動。

即使北岡發現是靖貴抓住她手腕，沒有縮手或是甩開他的手。也許她已經沒有這種力氣，但至少她並不覺得討厭。

她是不是也會願意讓我牽她的手？

這種想法閃過腦海，頓時滿腦子都是這個想法。自己再也無法像之前穿人偶裝時那樣再次擁抱她，和她之間的關係不可能有進展，既然這樣，現在是最初，也是最後的機會。雖然到下一站的距離比較長，但已經沒有時間猶豫了。

但是——趁混亂觸碰她的身體，不是和色狼沒什麼兩樣嗎？另一個自己在內心很理性地表達意見。

不，不是這樣。他搖著頭。這只是要向她表示「不要被擠走了」，而且稍微試一下，如果她很排斥，再鬆開她的手就好，自己完全不想造成她的困擾。

他的手順著北岡手腕慢慢向前伸，握住了她的手掌。

當他們的手指交纏時，他的指尖微微用力。

心跳加速。

這個世界上，有很多和自己相同年紀的人早就有更進一步的行為，也許北岡也是，但這是缺乏戀愛經驗的自己最大膽的行為，他無法不用全身感受她任何微小的動作，簡直就像全身所有的神經都集中在指尖上。

為什麼女生的手這麼光滑細嫩？而且又瘦又小，雖然性別不同，但他難以想像那是人的手，難以相信是和自己相同的人種的手。

不一會兒，北岡的手指動了一下。他以為北岡想要甩開他的手，遺憾得內心隱隱作痛。這也是無可奈何的事。靖貴微微鬆開手。

（啊……）

北岡用力握住他的手，深深卡進他的指縫之間，彷彿用手掌向他表示：「不要鬆手！」

靖貴和北岡之間還有其他乘客，無法看到她的神色，但靖貴猜想她必定很不安。靖貴更用力握住了她的手，想要藉此表示「我絕對不會放開妳的手」，同時告訴她「我在這裡」。

擠滿人的電車穿越夜晚的街道，用力握緊的手感受到陣陣甜蜜的麻木。明明很不舒服，卻希望此刻可以變成永恆。

靖貴扭轉身體觀察著北岡，發現她纖瘦的身體擠在周圍的乘客之間，目不轉睛地看著他。也許是因為車廂內太悶熱，她的臉頰紅潤。

北岡眼神寫滿求助，雖然沒有發出聲音，但從她嘴唇的動作知道她叫著「飯島」。

靖貴內心湧起分不清是興奮還是害羞的感情，全身發燙。她需要自己。這件事讓他原本已經加速的心跳變得更快了，眼窩深處有一種酥麻的感覺。

不知道是否經過了轉轍器，電車大力搖晃。當所有乘客都站不穩之際，靖貴推開擠在他們之間的乘客，擠向北岡的方向。

終於來到北岡身旁，北岡的耳朵剛好在他肩膀的位置，他問北岡：

「妳還好嗎？」

「嗯。」

「快到了，再撐一下。」

車廂內實在太擠，沒辦法多交談。他們才說了這幾句話，就聽到周圍有人輕輕咂嘴。

北岡順從地點點頭。這種小動作也令人憐愛，他再度用力握緊纏繞自己手指上的纖細手指。

無論她喜歡誰都沒有關係，至少此時此刻屬於自己，現在要努力保護她。

靖貴帶著這種意志站在搖晃的電車裡，幸好北岡雖然有點喘不過氣，但並沒有向他發出「救命」的暗號。

電車慢慢減速，身後傳來車門打開的聲音。電車終於抵達下一站。涼爽的空氣吹進車內，周圍有幾名乘客下了車。身體終於稍微能夠活動了，但也更容易跌倒，靖貴用另一隻手抓住吊環。

車廂內稍微空了些，靖貴輕輕鬆開握著北岡的手，但是北岡的手指沒有鬆開。車廂內仍然有很多人，膽小敏感的她可能仍然很緊張。

電車繼續前進。轟隆轟隆有規律的震動和他的心跳聲交織在一起，他覺得自己全身好像都變成了心臟。

即使到了下一個車站、下下個車站，靖貴都無法鬆開手指。

穿越長長的隧道，遠方出現高樓的燈光。那是從小到大熟悉的風景。電車即將抵達他所住的那個車站。

北岡已經很久沒有說話了，她低著頭，一直握著靖貴的另一隻手。

靖貴不時看向北岡的背後和身旁，並沒有看到可疑的人物，每次都暗自鬆口氣。

嘎……隨著刺耳的聲音，電車漸漸放慢速度。照亮月台的日光燈從眼前飛馳而過，最後終於停下來。

一眨眼的工夫，靖貴身旁的門便打開了，瀰漫在車廂內的緊張氣氛似乎也鬆懈下來。

這個車站也是往支線的轉乘站，所以上下車的乘客人數比其他車站更多。靖貴被周圍的乘客擠向出口。

「欸……」

當他來到月台時，左側傳來困惑的聲音。他轉頭看過去，不知道發生什麼事，發現北岡皺著眉頭，低頭站在那裡。靖貴仍然握著她的手。

「啊……」

靖貴慌忙鬆開她的手。原來他不小心把北岡也拉下車。她還要搭好幾站才到家，自己因為剛才車上發生的事，所以可能有點神志不清。他羞得臉頰發燙。

「沒、沒有人碰妳吧？」

因為太尷尬了，說話的聲音有點破音。

即使面對靖貴的窘相，北岡一如往常地回答：

「嗯，沒事……」

「那就太好了。」

靖貴瞇眼笑了起來。

雖然剛才問她有沒有人碰她，但仔細一想，剛才在電車上，自己比任何人更頻繁地碰觸她。靖貴察覺到這件事，很想鑽進地洞。

真的沒有造成她的困擾嗎？自己是否看到北岡沒有抵抗，就做出了得寸進尺的行為？雖然他努力回想，但從抓住北岡手腕的瞬間到此刻為止，內心千頭萬緒，腦袋也持續混亂，完全搞不清楚狀況。

「電車要走了，我要上車了。」

北岡小聲說道。載他們到這個車站的車廂內，剛才還有很多乘客站著，如今已經有了零星的空位。北岡遇到色狼的可能性大為降低。

「啊……對喔，那就明天見。」

「嗯……明天見。」

靖貴輕輕揮手目送她離去。北岡背對著他，在車門附近的座位坐下後，車門很快就關上，電車離開月台。

載著北岡的灰色電車遠去，即使已經聽不到車輪和軌道摩擦的聲音，即使電車已經消失在夜晚的黑暗中，靖貴仍然注視著那個方向。

走出驗票口，走向腳踏車停車場。

靖貴在已經沒什麼人的二樓停車場找到自己的腳踏車，騎著腳踏車，沿著緩和的坡道而下。

來到馬路上，他踩著踏板騎了起來。晚秋冰冷的空氣在耳邊呼嘯而過，但他的臉頰仍然發燙。

商店街的商店幾乎都已經拉下鐵捲門，街上靜悄悄的。靖貴注意著車道上超越他的汽車，內心為無處訴說的感情煩惱不已。

他思考著幾分鐘前，這隻手握著的女生。只要回想起她不安的眼神，就感到心被揪緊，同時心跳加速。

剛才做出那種行為，是否被她看穿自己別有居心？自己的行為或許已經超越「同班同學」可以做的事，所以才會帶著她一起下車。自己不想鬆開她的手，很希望繼續握著她的手，哪怕多一分鐘也好。

這不像平時的自己。自己到底在想什麼？自責的念頭漸漸湧上心頭。

話說回來，當時情況緊急，是在無奈之下做出的行為，明天之後，只要當作不曾發生過這件事就好，下個星期從補習班回家時不再碰她的身體，她應該可以理解「那是因為電車太擁擠，所以情有可原」。自己絕對沒有趁人之危，趁虛而入，自己雖然沒有異性緣，但至少很有分寸。

手上的溫暖漸漸消失，興奮的想法也漸漸冷靜下來。

但是……如果可以，他想確認一件事。

（她……北岡對我的看法到底如何？）

靖貴知道她喜歡其他男生，但自己是否有千分之一、萬分之一的機會？他藉由今天的事知道，北岡應該並不討厭自己，但他想知道進一步的答案。如果真有可能，自己會排在第幾位？

即使北岡認為自己只是「很好聊天的對象」，對自己完全沒有意思也沒關係，但靖貴此刻迫切地希望瞭解北岡的真心。

沒有火的地方

月曆又翻了一頁，終於迎來今年最後一個月。靖貴像往常一樣走出校門，走向車站的途中，走在他身旁的克也唐突地開口。

「啊，對了。」

「什麼？」

「我明天有事，你自己先回去。」

「好啊，你有什麼事？」

年底就要考大學了，在眼前這麼重要的時期，克也到底有什麼事？靖貴忍不住納悶地問，克也露出「我就在等這一刻」的得意表情笑了起來。

「不是快聖誕節了嗎？我打算去買準備送給明日香的禮物。」

喔，這樣啊。靖貴立刻有點後悔問了這個問題。明日香是克也在夏天快結束時交往的他校女生，兩個人交往至今已經三個多月了，仍然維持剛戀愛時的熱情，經常聽到克也分享他們在一起甜膩膩……不，是恩愛的情況，所以至今仍然是孤單寂寞的單身宅男靖貴最近很少聊這個話題。

聽克也說，明日香比他小一歲，他們幾乎每天都打電話、傳訊息，有時候甚至聊到深夜，每個星期都會約會兩次。明日香目前才高二，當然無所謂，但你是考生，這樣沒問題嗎？每次聽克也聊他的戀情，靖貴都會這麼想，只不過一旦說出口，聽起來可能很像酸言酸語。靖貴每次都努力克制了想要吐槽的心情，輕描淡寫地回答：「喔，是啊、是啊。」

「她說想要喜歡的漫畫家的畫冊，但是我想送她可以隨時帶在身上的東西。」

靖貴根本沒有問他這種事。之前向來認為克也算是一個很會察言觀色的人，但遇到戀愛問題，他的感應器似乎就出了問題。

「那就送她畫冊，然後再送她一個可以用的東西，即使便宜一點也沒關係。」靖貴隨口提議，克也雙眼發亮地稱讚說：

「阿靖，這個主意太棒了！不是會很想看到女朋友高興的樣子嗎？所以我一直不知道該怎麼辦。」

克也輕鬆地曬著恩愛。他這麼愛他的女朋友，他女朋友應該很幸福。靖貴覺得聽膩了。

這時，靖貴突然想起一件事。自己……雖然沒有送禮物的對象，但父母每年都會送禮物給他。每次生日都不會大肆慶祝，但聖誕節都會送孩子想要的禮物，這似乎是父母的習慣。

今年父母也問他想要什麼禮物，他還沒有答覆。去年買了單眼數位相機的腳架，前年買了登山帽和軟水壺。

雖然都是靖貴需要的東西，但即使再怎麼奉承，也很難說是適合作為禮物的東西，所以今年想要更像樣的東西……卻遲遲想不到好主意，不如乾脆要求『那個』？

（只要說『反正很快就要考大學了』，應該不會很奇怪……）

他覺得自己今天腦袋特別有靈感，忍不住低頭呵呵笑了。克也皺著眉頭對靖貴說：

「你在笑什麼？太噁心了。」

靖貴覺得他說得很過分，但今天可以原諒他。

因為靖貴對自己想到的妙計興奮不已。

他一直覺得自己不需要『那個』，但如果有的話，一定很方便，而且原本就打算畢業之後再買，現在只是稍微提前而已。

更何況……有了『那個』，或許更方便和她聯絡。也許她會為「原來你還記得我之前說的話」感到高興。

『不是會很想看到女朋友高興的樣子嗎？』

靖貴完全能夠理解克也說的話。自己和她之間的關係與克也他們不一樣，並不是男女朋友不會相互送禮物，但對喜歡女生的心意應該並不輸給克也。

雖然不知道父母會說什麼，但先提出這個要求再說。

（話說……天氣越來越冷了。）

今天補習班比較早下課，他一直在月台上等待。長椅都坐滿人，他獨自站在冰冷的月台上。今天他做好了無論再晚，都會等下去的心理準備，但身體還是無法抵抗寒冷。

他在自動販賣機買了罐裝咖啡，回到剛才的位置，小心翼翼打開拉環，喝了一口熱熱的、帶著苦味的液體。

「你又在喝咖啡。」

靖貴終於聽到盼望已久的聲音，臉頰被手指戳了一下。他克制著想要馬上回頭的急切心情，緩緩轉頭看向那個方向，北岡就在眼前，她被風吹起的頭髮幾乎碰到了他。

「你喜歡喝咖啡嗎？」北岡問。

「嗯。」靖貴點點頭，北岡把手伸向他手上的咖啡。

「可以給我喝一口嗎？」

靖貴還來不及回答，咖啡就被她拿走了。北岡的嘴唇碰到罐裝咖啡的飲用口，鐵罐緩緩傾斜。

「哈。」她的嘴裡吐出白色的氣，然後瞇起眼睛說：「因為天氣很冷，所以很好喝。」

……原來可以這麼輕鬆地輪流喝同一罐飲料。不，初中的時候，和同社團的朋友也經常喝同一杯飲料，但現在並沒有很渴，也沒有急迫性，經過上次在擁擠的電車上牽手之後，他比以前更在意這件事。因為太在意，北岡只是進入半徑一公尺的範圍，他就快爆炸了，但北岡似乎並不在意，所以反而讓他很丟臉。

（她果然對我沒有特別的感覺……）

即使是這樣，只要在北岡身旁，就感到很高興。他小口喝著咖啡，避免內心的胡思亂想表現在臉上，北岡又搶走咖啡。就這樣來來回回幾次之後，她喝完了最後一口咖啡，「我去丟掉。」她把空罐丟去垃圾桶。當她回來後，靖貴若無其事地問：

「今天補習班很晚下課嗎？」

「嗯，因為今天是補習班普通課程最後一次上課。」

「喔，這樣啊，我們補習班還要再上一次。」

下次是星期六上課，所以今天是最後一次星期三上課，但他無論如何都很希望可以再見到她。

「快寒假了……唉唉，一轉眼，就是新年了……」

最後幾個字被剛好進站的電車聲音淹沒，沒有聽清楚。

來自東京方向的電車還有幾個空位。雖然靖貴很高興終於可以回家，但一旦上車，就等於看到了二十五分鐘的時限，突然感到寂寞。

電車離開車站後，靖貴又繼續剛才的話題。

「妳寒假有什麼打算？」

「我還有很多搞不懂的地方，所以會參加寒假補習，如果不補習就完蛋了。」

「我也是，從結業式那天開始就排滿課。」

「和我們補習班一樣。很早就開始，所以傍晚就下課了。」

「這樣啊。」

靖貴內心為順利打聽到北岡寒假的行程喜不自勝。他看到一線希望，覺得北岡好像在暗示，寒假補習時也一起回家。

「其實補習課程更早就開始了，因為私立學校的學生比我們更早放寒假。」

原來是這樣。靖貴點著頭，身旁的北岡用力嘆著氣說：

「寒假結束後不久……就要考大學了。」

「時間過得真快，但完全沒有真實感。」

「……我可以問你打算考什麼學校嗎？」

靖貴回答說，還沒有明確決定，但已經有大致的方向。

「全部是東京都內的幾所學校。」

「啊，我和你一樣。」

所以……焦躁、隱約的期待和各種願望在內心翻騰，靖貴嘀咕說：

「……希望可以考上。」

「嗯。」

雖然為了準備考大學，整天複習很辛苦，但靖貴看著夜晚車窗映照的兩個穿著制服的身影，希望可以繼續當考生。

隔週的課間休息時間，靖貴忍著呵欠，在走廊的置物櫃前等克也，準備一起去其他教室。

下一節社會課是選修課，準備換教室的文科班和理科班學生擠滿通道。如果不趕快去教室，電暖器旁和前方的好座位很快就會被人搶走。

他動作真慢，去廁所已經好幾分鐘了。靖貴正擔心時，看到一個高大的男生從遠處的教室走過來。

那個男生微微彎下腰，走過靖貴身旁時，在他耳邊小聲說：

「別太囂張。」

（啊……）

剛才是什麼狀況？靖貴目瞪口呆，慌忙轉頭看向那個男生，那個男生已經走過隔壁教室前。根據他的背影和剛才正面看到他的感覺，發現他雖然模仿時下高中生的打扮，但由於身材又高又壯，感覺很不相襯。唯一確定的是，以前從來沒有和他說過話。

「不好意思，不好意思，廁所裡很多人。」

克也笑著走回靖貴身旁，然後對他說：「我們走吧。」靖貴仍然看著那個男生，站在原地不動。

克也發現靖貴不太對勁，於是問他：

「怎麼了？」

「那傢伙是誰？」

「哪個傢伙？」克也問。靖貴向克也說明：「就是穿著深藍色毛衣，皮帶繫得垮垮的男生。」（毛衣名義上是「抗寒用」，所以校規規定學生穿毛衣時，必須穿在外套內，很多人都不遵守校規，但靖貴和克也認為既然校規這麼規定，於是就乖乖遵守。）

克也確認他手指的方向，輕輕「喔」了一聲，皺起眉頭，「應該是B班的早坂，是不是走路有點外八的傢伙？」

靖貴點著頭，把這個名字記在腦海中。早坂……自己和他不同班，而且上選修課時也從來沒有遇到過，之後從來沒有聽過這個名字。

「他是怎樣的人？」

「……我和他沒有打過交道，所以不太清楚，我記得他以前是綠中畢業的。」

克也說話的語氣似乎在說，如果真的很好奇，可以向其他綠中畢業的人打聽。記得班上和北岡很要好的安藤珠里也是綠中的畢業生，但靖貴從來沒有和安藤聊過天，不可能去向她打聽。

克也向來不喜歡說別人的壞話，但是提到印象不好的人，向來都會含糊其詞，所以或許可以從他目前的態度中略知一二。

但是自己根本不認識的人，為什麼要跑來說這種話？照理說，那種實際生活也很充實的人，向來對自己這種沒有存在感，根本不引人注目的人不屑一顧。靖貴完全猜不透其中的原因，困惑不已。

「……他怎麼了嗎？」

克也擔心地問，靖貴終於回過神。

「不，沒事，只是和我朋友很像。」

靖貴不加思索地編了這個理由，對克也笑了笑。他覺得一直為這件事煩惱也無濟於事，所以告訴自己剛才的事只是因為睡眠不足引起的「錯覺」，或是對方認錯人，走向下一節課的教室。

這天午休時間，班上四個普男像往常一樣坐在窗邊的座位吃便當。

靖貴前幾天和父母溝通了聖誕節禮物的事，父母最後決定暫時減少他的零用錢，所以他最近都自己做簡單的便當帶來學校，今天的便當是加了蔬菜和小香腸的炒麵。

因為口味沒什麼變化，所以做便當很簡單，只不過吃了沒有滿足感。他內心想著「放學回家路上要買點東西來吃」，和同學聊著乏味的話題。

今天討論的話題是「哪一個牌子的發熱衣最暖和？」今天是入冬以來最冷的一天，所以每個人都很嚴肅。有人說Uniqlo的比較好，有人說永旺（AEON）的發熱衣也不容小覷，還有人說，登山用發熱衣與眾不同，每個人都分享自己聽到的傳聞和各自的親身經驗，熱烈討論著。

最後得出了「雖然登山發熱衣最猛，但價格也比較貴，從某種意義上來說，可以算是男生版的決勝內衣」，之後除了克也和靖貴的另外兩個人起身去參加班幹部會議。

他們剛走出教室，剛才不知道去哪裡吃午餐的北岡和幾個女生走進教室，教室內頓時熱鬧起來。

天氣這麼冷，北岡和另外幾個女生今天也活力充沛。靖貴怔怔地看著北岡短裙下襬下的膝蓋後方，忍不住思考「她腿露那麼多，不會覺得冷嗎？」

「我問你喔……」

聽到克也嘀咕，靖貴轉過頭。克也確認周圍沒有人後，注視著靖貴的眼睛，小聲問：

「阿靖，你是不是和北岡很要好？」

「啊？」

「你們從什麼時候開始交往？」

這已經不是出乎意料，靖貴以為自己聽錯了。他看著克也愣在那裡，幾乎忘了呼吸。

片刻之後，他才終於回過神，重新調整呼吸，低著頭，嘴角浮現笑容，回答說：

「沒有，怎麼會。」

怎麼會有這種事？他搖著頭表示否認。北岡在學校時仍然假裝和他完全沒有關係，甚至不會看他一眼，而且克也應該知道靖貴以前就很不喜歡那幾個外型亮麗的女生，尤其不喜歡北岡。

克也到底為什麼會問這種問題？自己目前的確很喜歡她，但不希望任何人知道這件事，也的確沒有人知道。更何況自己真的沒有和她交往，所以完全沒有事實根據。

繼續討論這個問題可能會露餡。靖貴想要敷衍過去，但克也緩緩對他說：

「……但是我知道，你們會一起回家。」

緊張貫穿靖貴的後背。

「呃……怎麼、什麼時候……」

克也輕輕嘆了一口氣，雙肘放在桌子上，握起雙手開始講。

「我忘了是上個月……還是十月的時候，明日香說，她在千葉車站的西房線月台上等電車，看到對面月台上有一個長得很像你的人和穿著南高制服的女生在一起。我當時還對她說：『啊？不可能！』隔週我和明日香一起去確認，發現真的是你，而且那個女生竟然也是很熟的人。當時我還以為只是巧合，但上個星期也在月台上看到你們在一起，而且還大搖大擺地輪流喝同一罐咖啡。如果你說你們沒有在交往，簡直就太唬爛了。」

靖貴覺得難以置信。雖然一直很小心提防，避免被同校的人看到，沒想到竟然被意想不到的人抓住把柄。之前只和明日香聊過幾句話，沒想到她竟然記住自己的長相，自己早就忘了她長什麼樣子，誰會發現她竟然會站在其他路線的月台上看到自己？

而且也沒想到之前喝同一罐咖啡也被人看到……到底該繼續裝糊塗，還是承認事實？靖貴突然被逼入絕境，相當混亂，克也繼續保持身體前傾的姿勢說：

「不光是這樣，我聽說你們上次還在電車上牽手。」

靖貴聽到這句話，立刻察覺到自己紅了臉。

克也面對他露出馬腳的反應，完全沒有驚訝，嘀咕說：「啊……果然是真的。」

……到底是誰告訴克也這件事？當時周圍根本沒有熟人，否則不可能做出這麼大膽的舉動。

靖貴思考著這個疑問，克也似乎從他表情猜到他的想法。

「我弟弟認得你。」

「啊……」

克也的弟弟比他小兩歲，聽說就讀位在靖貴家隔壁車站的高中。也就是說，那天電車誤點，靖貴情不自禁抓住北岡的手，在車廂稍微變空之後，克也的弟弟才上車。靖貴偶爾會去克也家玩，但幾乎沒有遇見過他弟弟。聽克也說，他弟弟最近突然長高了，和以前超不像，難怪自己完全沒有發現。

「那天他參加社團活動，很晚才離開學校，搭電車回家時，發現你和一個超可愛的女生牽著手，而且他說你們在下車之前都一直沒有鬆手。那天也是星期三，所以我猜想『果然是這麼一回事』。」

既然克也說出這麼多證據，靖貴無法再辯解。他捂著嘴，小聲開始解釋。

「那只是……情勢所逼，不得已變成這樣……」

「情勢？怎樣的情勢？」

克也直截了當地問，靖貴一時無言以對。

他不想說出北岡曾經遭遇色狼，留下心靈創傷一事。事涉敏感，而且也不能因為別人好奇，就可以隨便聊這種事。

「所以啊……就是電車很擁擠……避免被擠散。」

靖貴字斟句酌，大幅省略細枝末節後說出的回答聽起來很愚蠢。

「啊？」克也聽了之後，發出驚訝的聲音，「太猛了，你們超恩愛。」

不，不是這樣。雖然克也剛才說的沒錯，但並不是他想的那樣。靖貴語無倫次，沒想到克也又說出了更驚人的話。

「阿靖，你好厲害，竟然可以和北岡打砲，我有點羨慕你。」

「打……你、在說什麼……」

原本已經很紅的臉變得更燙了。現在一定連耳根都紅了。

靖貴慌忙看向周圍，沒有人豎起耳朵在聽他和克也聊天。克也應該也是觀察了周圍之後，才會說這種話。

克也一臉錯愕地看著靖貴的臉問：

「啊？什麼？你們還沒做嗎？」

「不是還沒做，你聽我說……」

雖然之前不止一次幻想過和她上床，但絲毫沒有料到別人竟然會以為他們之間有這種關係。而且不久之前還認為克也和自己一樣，是「交不到女朋友的難兄難弟」，但克也這句話似乎在暗示已經比他進階了一兩步，靖貴當然不可能不受打擊。

而且……

「你不是有女朋友了嗎？」

他超愛他的女朋友明日香，簡直就是含在嘴裡怕化了，捧在手心怕摔了，他竟然不顧自己有女朋友這件事，說什麼「羨慕」，這是什麼意思？

靖貴覺得自己難得說很有道理的話，沒想到克也面不改色地反駁說：

「這歸這，那歸那，我原本就喜歡傲嬌的女生。」

什麼跟什麼嘛！靖貴有一種無力感。他想起克也很迷十八禁的遊戲，原本以為他除了女朋友以外，只喜歡虛擬世界中的女生，沒想到他對真實生活中的女生也有興趣。他想起之前有男生說「想一親惠麻的芳澤」。看來不僅有很多男生喜歡她，她還很容易激起男性的本能。

「嗯，有很多人都對北岡有意思，所以你們在學校時假裝沒關係是好主意。」

「……我已經說了，我們真的沒有交往。」

這件事無論如何都要說清楚。靖貴不悅地小聲說道，克也突然以很內行的表情說：

「那就趕快向她告白啊！她應該在等你告白吧。」

不知道是否因為已經先交了女朋友的關係，克也表現出一副高高在上的態度。

你根本不瞭解我的狀況……靖貴在內心反駁，但他沒有說出來，只是抱著頭髮變長，顯得有點凌亂的腦袋。

高中生活最後一次期末考期間，早晚的溫差已經變得很大。

發考卷的那天只上半天課，靖貴的成績並不太出乎意料，「整天都在為考大學複習，並沒有花時間準備期末考，差不多就這樣。」

克也說：「我約了和明日香見面」就先回家了。下個月就是大學入學的「中心考試」，他竟然這麼老神在在。

靖貴沒什麼急事要趕著回家，決定去車站前的書店看一會兒書再回家。因為一回到家，就要坐在書桌前用功，所以需要先放鬆一下。

他翻著戶外運動的雜誌，盤算著「考完試之後，要找一個地方爬山」，突然有人拍他的肩膀。

回頭一看，看到在同一所學校的制服外穿著棕色大衣的女生，及膝的裙子下穿著笨重的靴子抗寒。

「啊……」

「這個時期還打算去爬山，你真是太猛了。」

田村奈奈美探頭看著靖貴手上的雜誌說。靖貴為自己原本帶著一絲期待，希望是其他女生感到悲哀。

「我沒有要去，正因為沒辦法去，所以只能看一下過過乾癮。」

靖貴辯解道。田村冷靜地吐槽說：「看了之後，不是更想去了嗎？」她說話還是這麼一針見血。

「對了，上次和妳的約定……」

靖貴提起這件事，田村眉開眼笑，然後用一如往常的女漢子冷酷語氣說：

「喔，你還記得。」

文化祭時，靖貴和她約定要請她吃拉麵。到目前為止，她遵守了關於千葉婆的秘密，而且如果自己言而無信，後果難以想像。

今天下午剛好不用上課，是完成約定的最佳日子。「要不要現在去？」靖貴提出邀約，田村一臉得意地說：「我正有這個打算，才會叫你。」於是他和田村走出書店，一起走向車站的驗票口。

在住家附近的車站下車後，他們一起走向目的地。田村平時都走路去車站，所以靖貴只能推著腳踏車走在她身旁。

他們來到鐵道陸橋下方的拉麵店「三松」，店內已經過了中午的尖峰時間，雖然店內仍然有很多客人，但他們不需要等待，馬上就有座位。

他們一起坐在吧檯前。除了前方牆上的菜單以外，還放著手寫的宣傳小物。不知道為什麼，這家拉麵店總是放披頭四的音樂，今天正在播放〈She Loves You〉。

「有季節限定的鮮美香辣味噌拉麵。」

「不，我只吃鹽味，如果你好奇，可以試試看。」

靖貴聽到田村的話，自己點了限定的拉麵，為田村點了原本說好的大碗鹽味拉麵加滷蛋。

等待期間，他們的話題都圍繞著即將迎接的大學入學考試。我還沒複習完考試的範圍，真的很不妙。上次做夢都夢到自己在複習。我已經做好重考的打算了。兩個人都紛紛表示自己「死定了」。但是靖貴覺得田村的功課向來比自己優秀，所以她應該很有把握。

聽完三首披頭四的歌之後，等待已久的拉麵終於送到他們面前。

低頭看著裝了拉麵的大碗，眼鏡立刻起霧。靖貴餓壞了，立刻掰開免洗筷，開始吃加了大量蔥花的紅色拉麵。田村也一樣，完全沒有吹，用湯匙喝著冒著熱氣的湯。

「啊……啊……」

吃了幾口加點辣味的蔥花，身體開始冒汗。他終於吃完最上層的蔥花，正式開始吃麵。

當他連湯帶麵，呼嚕呼嚕吃不停時，坐在他身旁默默吃麵的田村突然開口。

「對了，飯飯，聽說你和你們班的北岡關係很不錯？」

靖貴噗呵一聲，把嘴裡的麵都噴出來，麵條甚至跑進鼻子。

他慌忙拿起吧檯上的面紙，擦掉嘴邊和桌子上的麵。慘了，剛才嚇了一大跳，超級糗。

「為什麼？」他喃喃問道，回頭看向田村，她拿著筷子，淡淡地回答說：

「上次遇到Peyoung，他興奮地告訴我『阿靖終於迎接春天了』。」

Peyoung就是克也，這也是他在初中時的綽號。據說是「克醬」→「Peyoung醬汁炒麵」→「Peyoung」變化而來，也有人說是因為他的臉像「Peyoung醬汁炒麵」的容器一樣方，更有人說是因為他喜歡吃Peyoung醬汁炒麵，整天都吃，才被取了這個綽號。總之眾說紛紜，無法知道真相到底如何。

興趣廣泛，知識淵博的田村向來和資深宅男克也很投緣，一起搭電車回家時，他們兩個人經常興致勃勃地聊一些靖貴完全聽不懂的內容，他們之間似乎建立了某些超越男女的關係。

但是目前這種事一點都不重要。死克也，竟然爆我的料。而且之前田村曾經肆無忌憚地承認自己是「大嘴巴」。克也這麼不上道，所以普通的女生都不喜歡他。靖貴很想對著克也的方臉痛罵他一頓。

但仔細思考之後，發現如果消息來源是克也，或許情況不至於那麼糟。只要說「他搞錯了」就解決了。靖貴咧嘴笑笑，正打算否認，沒想到田村沙啞的聲音補充說：

「我班上的同學也這麼說。」

「呃……」

「上個星期，一個辣妹同學問我：『聽說惠麻最近和她班上一個叫飯島的人走得很近，那個人不是和妳同一個社團嗎？』」

靖貴頓時僵住了。既然是『辣妹同學』，顯然那個同學並不是從克也口中聽到這個傳聞。克也沒有辣妹朋友。到底是什麼時候被人看到？靖貴苦思這個問題，但都沒有明確的把握。

「也沒有走得很近，只是偶爾在補習班放學後一起回家而已……」

「偶爾？我聽說是每個星期。」

田村馬上追問，靖貴無言以對，只能陷入沉默。

「到底怎麼樣？」

田村用可怕的聲音問道。

田村的腦袋很靈光，而且直覺很敏銳。既然周圍已經有好幾個人發現這件事，即使現在掩飾過去，田村也會很快就知道真相，到時候就會失去田村對自己的信任，她可能還會因為遭到欺騙而受傷。

靖貴一口氣把拉麵吸進嘴裡，吐了一口氣後緩緩回答：

「我們的確幾乎每個星期都一起回家，但我們並沒有交往也是實話。」

靖貴說出口之後，不由得悲哀。在別人眼中，覺得自己和北岡親密無間，超越了普通朋友的關係。他知道北岡似乎有點信任自己，但真的僅此而已。無論自己多麼喜歡她，她都不可能喜歡自己。

「是喔。」田村面無表情地嘀咕著，用湯匙攪動著剩下少許麵條的麵湯問靖貴：

「飯飯，那你想怎麼樣呢？」

「我想……沒想什麼啊……」

靖貴不可能再做什麼。他不可能做出向她告白這種非分之舉，如果告白之後，導致彼此的關係出問題，還不如維持目前的關係。而且自己和北岡都是準備考大學的高三學生，不需要在目前的重要時刻惹事。但是如果要說內心深處的真心話，即使她驕傲任性都沒有關係，很希望聽到她說「喜歡」自己，希望她的身心都屬於自己。每次看到她，內心都如此渴望。

靖貴含糊其辭，田村放下湯匙和筷子，喝了一口水後說：

「或許我有點多管閒事。」

「怎麼了？」靖貴問。田村可能吃飽了，用力嘆口氣，沒有看靖貴，小聲地說：

「北岡的事，你最好小心點。」

靖貴突然被潑了冷水，忘記掩飾，忍不住皺起眉頭。

田村可能預料到他會有這樣的反應，冷靜地繼續說：

「北岡不是和持田、安藤很要好嗎？我以前和她們同班，她們是那種人前人後完全不一樣的人，經常說別人壞話。聽說北岡在初中時，好幾次都欲擒故縱地吊周圍男生的胃口，最後拒絕對方。那幾個人的風評都很差。」

這是第三者對北岡的評價，但他聽不下去了。

他之前就認為像田村這種不起眼的女生無法和那些女生成為好朋友，田村雖然傲慢，但個性很乾脆，而且果斷冷靜。這是靖貴第一次聽到她在背後嚴詞批評其他女生，而且聽到她如此批評北岡，靖貴很受打擊。

田村說的「欲擒故縱地吊周圍男生的胃口……」，該不會就是久美子之前提到的「有很多女生都喜歡的男生一廂情願地愛上了她，結果就成為所有女生的眼中釘」？靖貴不知道誰說的才是事實，田村說的話大部分都是傳聞，缺乏可信度，但至少有一部分人這麼認為。

而且自己一直以來都對北岡沒有好感，所以對北岡「風評很差」並不感到意外。

不，不是這樣。他這麼告訴自己。因為她冷若冰霜，所以才會導致別人對她印象不佳，其實是由於她很怕生，而且很笨拙，才會變成這樣的結果，但是靖貴覺得北岡在自己內心的形象稍微產生了動搖。

靖貴既沒有否定，也沒有肯定，田村繼續補充說：

「我們班上有幾個素行不良的男生聽了剛才那個辣妹女生說的話，也忍不住問：『飯島是誰？』如果你和她牽扯不清，可能會招惹麻煩。」

靖貴聽了之後恍然大悟。田村是B班，和那個姓早坂的人同班。

「該不會是？」靖貴正想這麼問，但隨即把話吞下去。一旦問了這個問題，就必須告訴田村，早坂曾經在走廊上對自己撂狠話。他不想讓田村為自己擔心，於是假裝第一次聽說這件事，敷衍地點點頭。

「如果你覺得沒問題，我當然也就沒什麼好說了，但我們是同一所初中畢業的孽緣，還是會讓我有點擔心。」

「嗯……」

田村可能覺得靖貴的反應很消極，「啊——」地用力伸了一個懶腰，手肘架在吧檯上，慵懶地嘀咕說：

「比起這種事，大學入學中心考試才是目前最重要的事……到底要怎麼打倒那個怪獸？」

「只能正面進攻吧。」雖然靖貴迎合她的話題，但腦袋一片混亂，根本無法思考這個問題。

他吃著碗裡的拉麵。麵都糊掉了，他很後悔沒有早點吃完。

靖貴隔天來到學校，在課桌上發現一封信，上面寫著「你有遺忘的東西，請來工藝室一趟」。

工藝室位在別棟一樓，他不記得有什麼東西忘在哪裡，但又覺得自己經常稀裡糊塗，可能不小心在哪裡遺失物品。

這麼大清早，工藝室應該沒有人，但他還是決定去看一下。於是就走出教室，獨自下了樓梯。

他換下室內鞋，穿上球鞋，空著手快步走向另一棟房子。體育館內傳來運動社團正在晨訓的吆喝聲。

今天同樣很冷。他這麼想著，正準備在校舍的角落轉彎。

滴答。一滴水滴在他的臉頰上。

（下雨了？）

剛才還是晴天，太奇怪了。正當他抬頭看向天空時，大量的水從天而降，他來不及閃躲，全身都被淋濕了。

（怎麼回事？）

因為太出乎意料，他無法立刻理解發生什麼事。不知道是不是累積多日的雨水，枯葉和灰塵都和水一起黏在他的頭髮和肩膀上。

他茫然地看向樓上，聽到三樓陽台傳來幾個男生說話的聲音。

「闖禍了啦，快走吧。」

「你竟然來真的！？真是傻眼……」

那裡是以前學生人數比較多的時候使用的教室，但目前沒在使用。教室並沒有鎖門，任何人都可以進去。

既然不是故意，就下樓來道歉啊。靖貴很想這麼說，但那幾個人立刻翻進窗戶，逃進教室，所以沒有看到他們的長相。

他們是故意把水倒在自己身上嗎？靖貴沒有證據，無法確定，但他忍不住想起昨天田村對他說的那句「你要小心那些素行不良的男生」。

水從他的頭髮滴下來。靖貴之前從來不曾遭到他人惡意的攻擊，此刻的他無法發怒，在冬天的寒冷中快凍僵了。

要他去工藝室拿東西這件事倒是真的。原本以為是那幾個傢伙為了設計自己編的謊言，但他還是去工藝室確認。

他脫下鞋子走進那棟房子，準備室內已經有很多老師，牆上貼了一張紙，上面用毛筆寫著「要發還以下學生的工藝課作業，請洽野口」。下方的毛筆字寫了幾個學生的名字，其中也有「3-F飯島靖貴」的名字。

原來是這種小事。靖貴忍不住失望。他在一年級的時候選修過工藝課，現在把作業還給自己其實沒什麼用。

他敲敲門，走進準備室。負責工藝的藝術課老師野口一看到靖貴，驚訝地瞪大眼睛。

「啊喲，你是怎麼了！？」

靖貴簡潔地向老師說明，剛才走到校舍的轉角處時，上面有人把水倒下來。野口表現出中年女人特有的從容笑著說：

「喔，偶爾會有學生沒有發現有人，就把水倒下來。你是不是有兩年沒來這裡了？」

如果是打掃時間也就罷了，這麼大清早，怎麼可能有人倒水？靖貴忍不住在內心吐槽。但野口是在這所學校工作了十年的資深老師，既然她說並不是稀奇事，可能真的是這樣。

靖貴接受野口的好意，用工藝室內熱水器的熱水沖洗頭髮，然後借來毛巾擦拭身體。水滲進襯衫，等一下必須脫掉。他在電暖器旁溫暖了冰冷的指尖後，回到教室。

這種日子，偏偏克也還沒有來學校。如果克也來了，至少可以向他發牢騷，然後搶他的衣服。靖貴這麼想著，去更衣室換了運動服。

接著，他去了教師辦公室，跟班導師說明情況，老師同意他今天穿運動服上課。

雖然班導師說：「我會查一下是誰幹的」，但靖貴沒有抱太大希望，認為八成找不到。

早上的班會開始了，坐在他前面的男生問他：「你為什麼穿運動服？」他懶得說明情況，只能隨口唬弄說：「被突然下起的大雨淋到了。」

第一節課是化學課，必須去其他教室。靖貴在換教室之前，把制服晾在陽台上，結果教室內只剩下他一個人。

克也仍然沒有出現。靖貴忍不住開始猶豫，「反正只是發考卷而已，不如乾脆回家算了」，但還是不甘不願地從課桌內拿出講義，這時，聽到教室門口傳來聲音。

「咦？飯島？」

靖貴緊張地回頭一看，果然發現北岡惠麻站在門口。她把書包和大衣放在自己的座位後，驚訝地瞪大眼睛，開心地走向靖貴。她似乎和克也一樣，今天遲到了。

「你為什麼穿運動服？你的制服呢？」

「我穿了制服來學校，但是……」

靖貴含糊其辭，北岡好奇地看向靖貴的背後。教室內沒有其他人，只有他們兩個人。明明自己現在的狀況這麼慘，但單獨和她共處一室，還是令靖貴小鹿亂撞。靖貴發現了自己意外的一面，認為自己也許是容易迷失自我的人。

「你的頭髮是不是濕了。」

北岡終於發現了這件事。靖貴移開了原本看著北岡的視線，簡潔地向她說了實話。

「我走到工藝室門口時，結果樓上突然倒水下來，我搞不清楚是什麼狀況……」

話還沒有說完，靖貴就很想打噴嚏，慌忙捂住嘴。

哈啾。他的身體縮起來。身體似乎著涼了，這樣下去，遲早會感冒。

北岡納悶地歪著頭說：

「是喔，為什麼會這樣呢？有人在樓上打掃嗎？」

「我不知道，搞不好是有人想整我……」

目前並不知道是自己剛好走到那裡，結果就成了倒霉鬼，還是有人原本就對自己很不爽，自己剛好送上門，出現在那個人面前。

靖貴脫口嘀咕著。

「啊！？」北岡驚叫起來，「不可能。你是不是最近讀書太累了，所以變得有點負面？」

「會……嗎？」

「是啊，因為你的個性不可能招人怨恨，還是你有什麼頭緒？」

靖貴聽了北岡的問題，立刻想到了早坂，但他還是搖了搖頭，若無其事地說：「不，完全沒有。」並沒有證據顯示是早坂做的，而且他應該喜歡北岡。在北岡面前說他的壞話好像在扯他的後腿，感覺很卑鄙，也並不公平。

而且北岡肯定自己「個性不可能招人怨恨」，讓她這麼認為並不壞。野口老師也說：「雖然這麼做很不好，但偶爾會發生這種事」，從當時樓上傳來的談話聲，無法斷言是針對自己。這麼一想，就越來越覺得純屬偶然。如果持續發生這種狀況，當然大有問題，但今天的事已經過去了，他很想趕快忘記。

「飯島，你上次被界外球打中，這次又被水潑到，你是不是無力招架從天而降的東西？」

北岡呵呵笑著問。靖貴正想反駁，除此以外，自己沒有被其他東西打中過，但又忍不住打了一個很大的噴嚏。

他的大噴嚏似乎讓北岡嚇了一跳。

「你很冷嗎？」

「有點冷，我裡面只穿了一件T恤……」

靖貴在說話的同時，搓著手臂取暖。襯衫和毛衣都濕了，根本沒辦法穿。克也還沒有來，原本打算向其他同學借衣服，但因為來不及，所以沒有借到。雖然在室內，但目前是冬天，所以穿得這麼單薄有點吃不消。

「等我一下。」北岡說完之後，走出教室。

怎麼回事？靖貴正納悶，聽到走廊上傳來「砰」的聲音，北岡很快走回教室。她手上拿著綠色運動服，遞到靖貴面前說：

「來，這個借給你。雖然是我的運動服，但有點大，你穿在裡面應該沒問題。」

「呃……這不好吧。」

靖貴慌忙婉拒，北岡詫異地皺起漂亮的眉毛說：

「為什麼？只是借運動衣給你啊。」

也許是這樣，但對自己來說是個大問題。雖說是運動服，但這是北岡平時穿的衣服，自己怎麼可能若無其事地穿在身上。

靖貴六神無主，不敢看北岡的臉，北岡不耐煩地說：

「之前集訓時，你不是曾經借鞋子給我嗎？都一樣啊。」

這……這代表她認為「沒什麼」嗎？雖然當時自己其實鼓起極大的勇氣，但既然她說「都一樣」，他就無法再拒絕。

北岡把運動衣塞到他胸前，他無可奈何地接過來，低低說聲「謝謝」，北岡心滿意足地抬頭看著他笑了笑。

「啊，但你還我之前要洗乾淨。」

北岡說完這句話，就轉身走出教室。休息時間所剩不多了，自己必須趕快去另一間教室。

靖貴先脫下自己的運動服，立刻穿上向北岡借來的運動服。

（好像有一股香香的味道。）

前一刻還冷得發抖的身體一下子暖和起來。剛才還打算乾脆回家，但多加了這件衣服，也許就沒問題了。

靖貴這麼想著，結果不知不覺上完那天的課（那天只上半天課），但是身體真的著了涼。一回到家，他就發高燒，隔天開始就向學校請了好幾天病假。

大說謊家惠麻

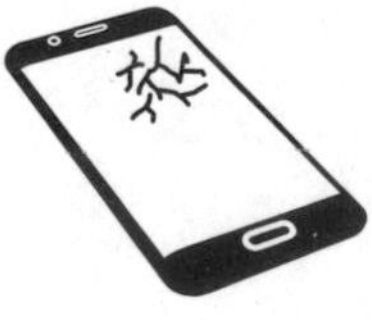

可能是因為這一陣子太用功讀書，體力變差，遲遲沒有康復，直到結業式的前一天，症狀才終於痊癒。

「這樣的話，明天應該可以去學校了。」

傍晚的時候，他在客廳無所事事，母親下班回到家後，如此保證。他對一直不去學校，就直接迎接寒假於心不安，對最後一天終於能夠去學校鬆了一口氣。更何況整天在家真的膩了。

「啊，對了。」

母親嘀咕後走出客廳，然後拿了一個白色紙袋走回來。

「給你。」

「這是什麼？」

靖貴訝異地問，母親嚴肅地嘟噥說：

「雖然時間還沒有到，這是你的聖誕禮物。昨天爸爸去拿回來了，不是越快拿到越好嗎？」

母親說完，把紙袋交給他。

「謝謝。」他淡淡地向母親道謝，但內心欣喜若狂。

他克制著興奮，立刻打開紙袋，拿出手機，將黑色鋁合金的智慧型手機放在手心上。

「沒想到你竟然想要手機，你之前從來沒說過要手機，媽媽還以為你沒有朋友，有點擔心你。」

「啊？」靖貴愣住。當初父母買電腦給他，慶祝他考上高中時，曾經對他說：「買了電腦之後，高中三年就不能再買手機了」，所以他一直不敢提這個要求，沒想到他們竟然忘了這件事。

大人說話常常都說說而已。雖然他很無奈，但口袋裡有一支可以和世界連結的手機這件事更令他高興。

（我終於有手機了。）

回到自己的房間，他來不及看說明書，就開始滑了起來。雖然起初費了一點工夫，但將近一個小時後就漸漸熟悉，忙著安裝應用程式、音樂和照片。

他開始申請新的電子郵件帳號和社群網站的帳號，他想用的帳號都已經有人使用了，無奈之下，最後只能用自己名字縮寫申請了一個了無新意的帳號。

新申請的帳號還沒有收到任何訊息。因為他還沒有告訴別人，這也是理所當然的事。

（明天就告訴北岡。）

在還運動服給她時告訴她，自己買了手機。明天是寒假補習的第一天，也可以在補習班放學時，和她交換聯絡方式。

也許第一個收到的訊息會是她傳來的。他想像著這件事，難得樂不可支。

隔天早上，他身心愉快地去學校，一下電車，就在月台上看到田村。附近的幾所高中已經開始放寒假，電車內和月台的人都比平時少了許多。

「啊，田村。」

田村轉頭看過來，有點驚訝地愣了一下。

靖貴覺得她的反應有點奇怪，但她立刻恢復平時的面無表情。

「嗨，聽說你之前被淋成落湯雞？沒事吧？」

「嗯，後來感冒了，現在沒事，感冒已經好了。」

吐出來的氣都是白色。他搓著手取暖，很快就走完了階梯。

「這麼冷的天氣，真是災難啊。是誰幹的？」

「就是不知道啊……我猜想應該只是巧合而已。」

靖貴回答，田村的眉毛抖了一下。

「巧合？一盆水潑到你頭上，你還說是巧合？」

……真是哪壺不開提哪壺。但是自己運氣很差，可能真的只是不走運撞到這種衰事。其實是因為一旦覺得是有人故意針對自己會很難過，便希望只是巧合。

他嘿嘿笑著敷衍，田村以更加嚴肅的表情問靖貴：

「還有……你有沒有聽說關於你的奇怪傳聞？」

「傳聞？什麼意思？」

靖貴完全搞不清楚狀況，忍不住反問，田村尷尬地含糊其辭。

「……不是妳上次在拉麵店說的事？」

難道是關於自己和北岡的傳聞？如果是這件事，並沒有人特別問他這件事。其實他連續請假多日，不是很瞭解情況。

「嗯……既然你不知道就算了，反正我也沒在意。」

田村不置可否地笑笑，靖貴覺得她的態度好像在表示「不要再追問了」，於是就把想問的話吞下去。

……原本想把自己買了手機的事告訴田村，但現在的氣氛似乎不適合聊這件事。

走出驗票口，田村說「我要去便利商店」，他們在車站前道別。靖貴並不想去便利商店，於是就戴上耳機，走去學校。

到底有什麼「奇怪的傳聞」？靖貴內心湧起了不祥的預感。

雖然好幾天沒來學校，教室看起來和之前沒什麼兩樣，但在體育館參加結業式時，其他班級的女生不時用帶著好奇和嫌惡的眼神偷瞄他。靖貴個性老實，向來很不起眼，但也從來沒有害過人，之前從來沒有人用這種眼神看他。

——他的腦海中閃過田村剛才說的「奇怪傳聞」。但是他沒有證據，只能暫時不理會。反正明天開始放寒假，新年過後，就要參加大學入學中心考試，現在無暇為這種芝麻蒜皮的小事分心。

打掃完畢，開完比平時更長的班會後，正午之前就會放學。克也說：「我等一下要和明日香約會」，然後就先離開了，靖貴去教師辦公室拿之前因為請假，沒有拿到的成績單和考試的答案卷。

成績單和答案卷的狀況都在他的意料之中，和上個學期幾乎沒什麼不同。唯一下了一點苦功的物理成績在校內排名大幅進步，讓他倍感安心。

他向班導師道謝後走出辦公室，當他走去校舍門口時，突然想到手上紙袋內的東西。

（還是沒找到機會還給她。）

被樓上的人潑水淋濕的那天，向北岡借了運動服。原本打算在打掃時間或是課間休息時，趁周圍沒有人時交還給北岡，但在放學之前都沒有找到機會。雖然他把紙袋帶在身上，打算剛好遇到她時交給她。只不過接下來就放寒假，不用來學校上課，北岡也不需要穿運動服。他決定先把運動服放在走廊上的置物櫃中，明年再還給她。他走回四樓的教室。

他來到三年F班的教室前，從關著門的教室內傳來幾個女生嘰嘰喳喳聊天的聲音。

「惠麻，妳會去哪裡新年參拜？」

靖貴的耳朵立刻對這個名字產生反應。北岡似乎還在教室內。

太好了。那就在這裡等一下，如果只有北岡走出來，就可以把運動服還給她。因為他想向她道謝，而且當然越早還給她越好。

他靠在走廊的牆壁上等北岡。因為並沒有其他人，所以教室內的聲音不時傳入耳中。靖貴發現，北岡明明在教室內，卻幾乎聽不到她說話的聲音。只不過她原本就不是會主動聊天的人，靖貴並不意外。

教室內的女生聊著男朋友的事、打扮的事，還有考大學的事，她們不斷改變話題，談笑風生，遲遲沒有人走出來。

數位手錶發出嗶的聲音，螢幕上顯示「12:30」的數字。如果不是在這裡等北岡，早就已經走到車站了。

再等五分鐘。如果等了那麼久，她還沒有走出來，就乾脆回家。靖貴再度心不在焉地聽著女生天南地北的聊天內容。

空無一人的走廊上很冷，靖貴對著雙手吹氣時，她們剛好聊到即將到來的聖誕節節目。

* * *

今天是結業式，惠麻和同班的好朋友美優、珠里、心菜，還有一年級時曾經同班，目前在C班的舞子約好要一起去一家夏威夷漢堡店吃午餐。

雖然晚一點要去上補習班，但最近都很用功，所以偶爾要吃一頓大餐犒賞自己一下。她從今天早上就一直在思考「去餐廳之後要點什麼呢？」

今天只上半天課，原本打算班會結束後立刻去吃午餐，但說好要一起去吃午餐的心菜說「我有些地方一直都搞不懂」，於是去找數學老師了，於是她就和其他三個人一起在F班的教室一邊聊天，一邊等心菜。

心菜說她很快就回來，卻遲遲不見她的身影。惠麻覺得肚子越來越餓，但還是聽著朋友聊天。

「聖誕節快到了，美優，妳要和學長約會嗎？」

「嗯……到時候再說。」

美優聽了珠里的問題，歪著頭，不置可否地回答。

惠麻從美優的態度中猜想「她最近和學長的關係應該有點問題」。以前很恩愛的時候，即使別人不問，她也會主動說不停，可知他們一定吵架了，只是覺得很沒面子，所以沒有說出來。美優雖然外表看不太出來，其實很毒舌，也很幽默，只不過性情不定，而且很虛榮。

不知道珠里如何理解美優的反應，她用力嘆口氣說：

「真羨慕有男朋友的人。」

雖然惠麻並不是真的這麼想，但聽了珠里這麼說，就點頭表示同意。

「我聖誕節也要用功讀書。」

惠麻苦笑著說，珠里猛然看著她說：

「呃，妳最近不是和飯島走得很近嗎？」

「呃……」

突然被問這個問題，惠麻忍不住抖了一下。

雖然這是事實……但珠里沒必要在這種時候說出來。惠麻不知道該怎麼回答，珠里擠出笑容說：

「我聽大成說，補習班放學時，你們總是一起回家？」

聽到珠里提到這個名字作為鋪陳，惠麻不僅驚訝，不祥的預感貫穿了全身。大成……就是之前集訓時強抱自己的B班男生早坂的名字。光是想像他張開的髒嘴，就不寒而慄。

為什麼偏偏被他看到？惠麻為自己的思慮不周而懊惱。她並不打算一直隱瞞和飯島之間的關係，最近覺得也許可以先清除外圍障礙，用循序漸進的方式，慢慢成為大家公認的情侶，但現在早坂知道了這件事，情況就不一樣了。

早坂對從小一起長大的珠里很客氣，但其實他這個人很小心眼，而且本性惡劣，曾經聽別人說，他用狠毒的方式霸凌橄欖球社的學弟。在集訓那件事之後，他似乎仍然沒有對自己死心，在放學後偶爾遇到時，還會問自己要不要去他家

（惠麻當然每次都拒絕了），這次一定是他故意把這件事告訴珠里想要試探自己。

一旦早坂知道她和飯島的事，在得到大家公認之前，他一定會設法搞破壞，搞不好他已經對飯島下手。

這時，惠麻突然想到一件事。

（飯島上次被人用水潑……）

惠麻直覺地認為，一定就是他幹的。而且聽說早坂以前曾經對他不爽的學弟做過同樣的事，一旦想到這種可能性，就覺得絕對就是他。

怎麼辦？也許自己連累了飯島，讓他莫名被陷害。之前飯島為這件事不安時，自己還一笑置之說：「不可能有人整你」，早知道應該認真聽他說話。

惠麻心亂如麻，一句話都沒說，美優一臉不屑地嘀咕說：

「啊？惠麻，沒想到妳會喜歡那種人，太意外了。」

閉嘴！什麼叫那種人！這句話已經衝到喉嚨口。

但是如果自己真的這麼說，珠里一定會去向早坂告密。珠里只看到早坂的優點，所以對他無話不說。

「不是，只是剛好而已，我沒有等他，他也沒有特別等我。」

惠麻隨口搪塞著，珠里沒有察覺，用驚訝的語氣反駁說：

「但是上次換教室的時候，你們不是也在一起說話嗎？」

那次也被她看到了嗎？惠麻愕然。那天她遲到了，以為周圍沒有任何人，所以就放鬆了警惕。

惠麻想不到適當的藉口，低下頭，美優事不關己地慫恿說：

「妳喜歡他嗎？那就乾脆和他交往啊，我覺得你們很配。」

她剛才還說飯島是「那種人」，現在又說「你們很配」，到底想怎麼樣？惠麻內心越來越煩躁。

隔壁班級的舞子一直靜靜地聽她們說話，這時，她用不安的聲音問惠麻，以及在調侃惠麻的美優和珠里：

「妳們說的飯島就是那個飯島嗎？」

「那個飯島」是什麼意思？飯島向來不引人注目，更不是別人談論的對象。

惠麻很納悶，忍不住問：「怎麼回事？」

舞子歪著頭，語帶苦惱地說：

「不是啦……上次聽到班上的男生在說這件事。」

「嗯……」

「聽說他在偷拍。」

舞子說的話太震撼，除了惠麻，就連美優和珠里也都「啊……」了一聲，說不出話。

「真的嗎？」美優問。

「嗯……」舞子雖然不太有把握地歪著頭，但仍然繼續說道：「我也不太清楚，但是聽說有人在教室前撿到一個螢幕沒有鎖的手機，於是就打開一看，發現裡面有一些變態的照片，那個人很好奇誰會回來撿手機，於是就躲起來觀察，沒想到是飯島。」

不可能。惠麻很想馬上大叫。飯島沒有智慧型手機，也沒有傳統手機，有一次補習班放學時，飯島向惠麻借手機，說要「打電話回家」。他不會用手機，好幾次都按錯了。如果他有手機，但沒有告訴別人，不可能有那種反應。

雖然他整天和宅男混在一起，外表看起來又那樣，讓人覺得他很可能會做那種事，但那根本是假消息中的假消息，到底是誰在散播這種毫無根據的謠言？

……但是，現在不能輕易為他說話。並不是所有人都知道飯島沒有手機這件事，因為這幾個人中只有自己知道。如果有人追究，到時候又會說「你們感情真好」，簡直就像是火上澆油。惠麻雖然忍無可忍，但還是把話吞下。

「惠麻，怎麼辦？妳男朋友竟然會偷拍。」

美優呵呵笑了，惠麻內心湧起難以形容的怒火。可惡，有什麼好笑得這麼開心？看到別人不幸，有這麼開心嗎？

「唉，不可能有這種事。」

「啊喲，開始袒護他了喲。」

「不是……」

憤怒和懊惱讓惠麻心煩意亂。

早知如此，剛才應該暗示「我喜歡飯島」。因為不想成為好奇的對象，就沒有把這件事告訴任何人，沒想到造成了反效果，但現在已經來不及了，無論如何都要堅持沒有這回事。惠麻的腦海中只想到這個選項。

惠麻用斬釘截鐵的語氣堅定地說：

「我真的沒有喜歡他，也沒有和他交往，根本沒有這種事。」

「啊？真的嗎？」

「妳這麼生氣，我覺得很可疑。」

美優和珠里很不懂得察言觀色，仍然緊咬不放，惠麻聽到內心理智線斷掉的聲音。

「妳們很煩欸，夠了沒有！我非但不喜歡那種人，甚至連朋友都稱不上。」

自己都說到這種程度，她們總會收斂了。其實惠麻並不想這麼說他，但是一旦說出口之後，就覺得一切都無所謂了。她忍不住想笑。

「妳們也動動腦筋想一下，我怎麼可能理那種宅男？」

站在教室外的靖貴清楚聽到了這番話，也聽到了接下來其他人笑著說：「我知道啦」、「就是嘛」，紛紛表示同意。

沒想到意外得知田村說的「奇怪傳聞」的內容。有人懷疑自己偷拍，所以剛才在結業式時，那些女生看過來的眼神似乎覺得自己很噁心。

這種謠言也太離譜。雖然自己的確喜歡攝影，但從來沒有把攝影技術用在歪門邪道上……而且自己在昨天之前根本沒有手機，根本不可能做謠言中所說的那些事。然而，這種衝擊很強烈的傳聞容易引起別人的嫌惡感，大家都很關心，很容易一傳十，十傳百。即使發揮耐心，持續說明「這是誤會」，終於澄清了謠言，但別人仍然會留下「飯島＝偷拍狂」的印象。光是想像這件事，就不寒而慄，同時對散播這種不實謠言的人感到強烈的憤怒。

但是，如果只是有人散播不實謠言，他還可以忍受。反正三個月後，就會從這所學校畢業，即使到時候無法洗刷污名，也可以遠離周圍人的冷眼。新年過後，三年級學生很快就可以自由到校，只要忍耐到那時候就好。

但是——

『妳們也動動腦筋想一下，我怎麼可能理那種宅男？』

這句話太傷人了，而且她還說「連朋友都稱不上」。雖然之前很想知道她內心的想法，但如果真相是這種想法，他情願不知道。

靖貴忍不住思考，如果真的像她說的那樣，她在補習班放學時露出的那些表情到底是怎麼回事？北岡平時向來冷若冰霜，但和自己在一起時會稍微展露笑容，有時候也會帶著落寞的表情依賴自己。她這些行為到底有什麼目的？

應該如同田村所說的那樣，她欲擒故縱，吊男生的胃口，當男生對她動心之後，她就立刻翻臉不認人，要男生「別自作多情」。看到男生驚慌失措的樣子，再和朋友一起取笑為樂。

而且北岡明明知道靖貴根本沒有手機，卻沒有否認那個傳聞。對她來說，自己根本不重要，無論自己遭到多大的批評都和她無關，這樣的關係的確連朋友都稱不上。

他覺得胸口隱隱作痛，被她玩弄於股掌的自己太可憐，太可悲了。他咬著嘴唇，低下了頭，很想回到集訓之前，回到認為她是「討厭的女生」的當時。

「咦？飯島，你在這裡幹什麼？」

旁邊響起說話聲，他轉頭一看，同班的女生納悶地歪頭看著他。

「啊……大塚。」

靖貴和大塚心菜在二年級時是同班同學，第一學期時，兩個人的座位很近。雖然她也是和北岡等人很要好的成員之一，但在那幾個女生中，她的個性比較爽快。雖然靖貴沒事不會找她說話，但只要和她說話，她就會回應，對人不會有大小眼（靖貴想起田村沒有批評大塚，只不過可能只是因為田村不認識她）。剛才教室裡的人曾經說「心菜怎麼還沒回來」，看來那幾個女生正在等大塚。

大塚可能還沒有聽說關於自己的傳聞，所以注視自己的眼神中既沒有責備，也不覺得她試圖和自己保持距離。

靖貴從手上的紙袋中拿出綠色運動服，遞到大塚面前說：

「請妳把這個交給北岡。」

自己沒臉再和北岡見面了，就請大塚轉交給她。

大塚把運動服交給北岡時，或許會問她：「為什麼妳的運動服會在飯島那裡？」但北岡一定能夠想出推托之詞。因為她是把自己騙得團團轉的大說謊家，她可能謊稱運動服掉了什麼的。

「嗯，我知道了……但是你沒事吧？你的臉色好差。」

大塚接過衣服後，看著靖貴的臉，關心地問。

靖貴立刻後退一步，微微轉過頭，掩著嘴回答說：

「嗯……我的感冒還沒有完全好，但是我沒事，妳不必在意。」

靖貴說完之後，沒有看她一眼就轉身離開了。因為如果大塚仔細觀察，就會發現他快哭出來了。靖貴說聲「拜拜」，就快步離開了，走向校舍門口。

他在鞋櫃前蹲下準備換鞋子時，新買的手機從口袋裡滑了出來，喀咚一聲掉在地上。

他慌忙撿起來，手機還沒有和任何人聯絡過，螢幕上已經出現了缺損。

但是當初請父母為自己買這支手機的目的有一半已經失去意義，這件事讓他空虛，覺得手上的東西格外沉重。

靖貴下午去了補習班。

雖然身體還沒有完全恢復，但寒假的補習費已經繳了，不去上課很浪費錢，最重要的是獨自留在家裡會胡思亂想，他怕自己會受不了。

他穿上去雪山時也可以穿著在戶外運動的外套，下半身穿了刷毛長褲，徹底做好禦寒保暖才出門。雖然外面寒風刺骨，但他並不覺得太冷。

連續上了針對大學入學中心考試複習的英文課，和針對各大學個別實施的第二次考試進行複習的數學課。下午學校不上課，補習班上課時間比平時早，當然就更早放學。只不過即使回到家裡，也會懶洋洋地東摸西摸，於是他在補習班下課之前都留在自習室內複習今天上課的內容。

他一邊聽著音樂，一邊慢慢走向車站。進了驗票口後，慢慢走向月台。

這時，他突然發現一件事。

他發現兩隻腳不由自主地走向北岡等待的地方。從那個位置搭車時，下車後離驗票口很遠，對他來說很不方便。

我是白痴喔。他自虐地笑了笑。明明被她說了那麼過分的話，習慣真的太可怕了。

而且她之前曾經提到「寒假的補習傍晚就下課了」，即使去那個位置，她也不可能在。

……靖貴這麼想著，在走完階梯前抬頭看到月台上的景象時，驚訝得懷疑自己的心臟停止了跳動。

北岡像往常一樣低頭坐在長椅上，因為快考試了，她沒有像以前一樣在玩手機，而是低頭看著參考書。

靖貴產生一絲猶豫，不知道是否要向她打招呼，但隨即想起了上午聽到的話，立刻搖搖頭。

並不確定北岡今天也是在等自己，也許只是剛好補習班晚下課，才剛放學而已。

靖貴來到月台後，站在北岡看不到的遠處等電車。

他不時瞄向北岡的方向，從斜後方看到的她既沒有回頭看過來，也沒有發現自己站在這裡。

看著她和平時一樣的側臉，靖貴內心湧現了分不清是憤怒還是悲傷的感情，幾乎無法承受。他忍不住想上前質問她，妳為什麼要欺騙我？妳覺得做這種事很開心嗎？希望她好好反省一下。

但是，如果她反駁「我根本沒有騙你，是你自作多情」，自己就無話可說了。回想這段期間，北岡從來沒有說過任何可以證明她對自己有好感的話，只是露出無助的眼神，說一些引人遐想的話，和偶爾有一些肢體接觸撩撥自己。沒有留下任何證據的手法很巧妙，自己這種感情路上的菜鳥根本不是她的對手。

靖貴也很想知道，她說「連朋友也稱不上」這句話是否真心，但這就代表自己拚命想要巴著和她之間僅有的關係，未免太丟臉了，所以絕對問不出口。

自己的心臟沒那麼大顆，無法假裝沒有聽到她說那些話，像之前一樣，繼續假裝是朋友。

既然如此，自己就只剩下唯一的方法，那就是和她保持距離，躲得越遠越好。他不希望和北岡再有任何牽扯，為自己帶來痛苦。當她發現即將到手的獵物逃脫，她身為獵人的自尊心應該會受到一點傷害，這是自己最大的抵抗和復仇。

月台上傳來電車即將進站的廣播，電車隨著巨大的轟隆聲進了站。

靖貴從眼前的車門上車，站在窗邊屏住呼吸，注視著月台，等待發車。

這是正確的決定。他一次又一次這麼告訴自己。之前北岡沒有通知自己，就自己先回家時，隔週也沒有向自己說「對不起」。之前一起回家，只是各自想做而做的事，所以即使某一方沒有事先預告就先回家，另一方沒什麼好責怪的，搞不好北岡現在也若無其事地走進了旁邊的車廂。

車門關上，電車駛離月台，幾秒鐘後，就經過了坐在長椅上的北岡面前。但是她完全沒有發現靖貴已經上車，怔怔地目送著電車離去。

北岡的身影越來越遠。靖貴發現她果然在等人……而且應該在等自己，心跳加速，整個心都被揪緊。

她打算等到什麼時候？天氣這麼冷。無論等多久，自己都不會出現在她面前。想像她纖瘦的身體一直在月台上苦苦等待，即使她是可恨的對象，即使她曾經做出欺騙自己的行為，仍然忍不住覺得她有點可憐。

但是，自己還無法原諒她。靖貴緊緊握住眼前的吊環，咬緊牙關，低頭吸吸鼻子。

待續

後記

感謝各位讀者閱讀這本小說，同時為在這麼奇怪的節骨眼結束這個故事深感抱歉。靖貴和惠麻的故事還有後續，只是在「一本文庫本篇幅」的地方暫停一下……

當初會寫這個故事，是因為「我想看普通的高中生在為考大學做準備的同時，深受戀愛之苦的故事」，卻遲遲找不到自己滿意的故事，於是決定「不如我自己來寫」。

故事的舞台是全國不計其數的「傳統是唯一優點的高中」，男主角是長相乾乾淨淨的眼鏡男，個子不高，個性老實不起眼，有一點頑固，是隨處可見的男生。和他演對手戲的惠麻雖然是「班花等級的美女」，但是「班花等級」就代表每個班級內必定有一個這樣的女生，所以並非遙不可及的對象，內心有高中生的不成熟和缺點。這也是在挑戰如何只用現實生活中也存在的要素來寫一個故事，如果帶著期待看愛情喜劇的夢幻故事讀這本小說，或許會失望。

如果這本小說能夠讓和靖貴他們同世代的人對他們內心的微妙變化產生共鳴，覺得「我懂！」，同時也能夠成為成年讀者懷念往事的契機，覺得「啊啊，我也曾經有那樣的歲月……」，是我身為作者最大的滿足。

千葉車站在故事中頻繁出現，不久之前，我造訪千葉車站時，發現已經煥然一新。在我著手寫這個故事時，那裡還在進行持續了好幾年的工程，完工之後，和以前大不相同了，於是我花了不少時間修改作品中的描寫。他們兩個人就讀的高中雖然有成為範本的學校，但並不完全相同（包括社團活動的種類、考試和校內活動的日程，以及校規等），敬請讀者瞭解。（但是「鄉土地理研究會」是根據真實存在的「社會課研究社」，在此為擅自根據該社團進行創作，向社團成員說聲抱歉……）

衷心感謝插畫家U35在百忙之中答應為本書畫封面，同時更竭誠感謝廣大讀者願意支持舉棋不定、猶豫不決，讓人不禁為他們乾著急的男女主角。

更期待和各位他日再次相見。

筱田桂

春日
ハルヒブンコ
文庫
105

絕不可能愛上你
君に恋をするなんて、ありえないはずだった

絕不可能愛上你/筏田桂作；王蘊潔譯. -- 初版. -- 臺北市：
春天出版國際文化有限公司, 2022.06
面；公分. -- (春日文庫；105)
譯自：君に恋をするなんて、ありえないはずだった
ISBN 978-957-741-535-6(平裝)

861.57

ISBN 978-957-741-535-6
Printed in Taiwan

KIMI NI KOI WO SURUNANTE ARIENAI HAZU DATTA
by
Katsura Ikada

作　　者　筏田桂
譯　　者　王蘊潔
總 編 輯　莊宜勳
主　　編　鍾靈

出 版 者　春天出版國際文化有限公司
地　　址　台北市大安區忠孝東路4段303號4樓之1
電　　話　02-7733-4070
傳　　眞　02-7733-4069
E－mail　bookspring@bookspring.com.tw
網　　址　http://www.bookspring.com.tw
部 落 格　http://blog.pixnet.net/bookspring
郵政帳號　19705538
戶　　名　春天出版國際文化有限公司
法律顧問　蕭顯忠律師事務所
出版日期　二〇二二年六月初版
　　　　　二〇二三年三月初版六刷

定　　價　360元

總 經 銷　楨德圖書事業有限公司
地　　址　新北市新店區中興路二段196號8樓
電　　話　02-8919-3186
傳　　眞　02-8914-5524
香港總代理　一代匯集
地　　址　九龍旺角塘尾道64號 龍駒企業大廈10 B&D室
電　　話　852-2783-8102
傳　　眞　852-2396-0050